Jürg Amann
Rondo

Jürg Amann
Rondo
und andere Erzählungen
Arche

© 1996 by Arche Verlag AG, Zürich-Hamburg
Alle Rechte vorbehalten
Umschlagbild: Edward Hopper, *Hodgkin's House*, 1928
(Courtesy of Andrew Crispo Gallery, New York)
Satz: KCS Buchholz/Hamburg
Druck, Bindung: Friedrich Pustet, Regensburg
Printed in Germany
ISBN 3-7160-2217-9

Inhalt

Rondo
7

Der Traum des Seiltänzers
vom freien Fall
24

Die Baumschule
31

Die Brunnenentgifter
42

Tod Weidigs
54

Fort
70

Rondo

Und sei also auf seiner Flucht von zu Hause plötzlich wieder zu Hause gewesen. Sei wieder vor der Türe gestanden, von der er geglaubt gehabt habe, daß er sie endgültig und ein für allemal hinter sich zugemacht habe. Zugeworfen habe. Zugeschlagen habe. Habe geklingelt. Schreibt, ich habe geklingelt. Schreibt, ich bin wieder vor dieser Türe gestanden, vor dieser bekannten, mir zur Genüge bekannten Holztüre, die immer so schwer in den Angeln zu bewegen gewesen ist, zu schließen gewesen ist, aufzumachen gewesen ist. Schreibt, ich habe wieder geklingelt, habe wieder die Klingel gedrückt, auf diesen Knopf über dem Schild gedrückt, auf dem wie für die Ewigkeit unser Name eingraviert ist. Und habe darauf gewartet, daß mir die Mutter wieder die Türe aufmacht. Aber die Mutter machte die Türe nicht auf. Auch nach dem zweiten, auch nach dem dritten Klingeln noch nicht. Wie sehr ich auch an der Türe horchte, mich an die Türe preßte, mein Ohr an die Türe legte, kein Laut drang aus dem Innern des Hauses. Und von der Mutter, die immer die Zuflucht für ihn gewesen sei, sei nicht das geringste zu hören gewesen. So daß ich, schreibt er, nachdem ich noch mehrmals geläutet, in

Wahrheit die Hand auf der Läute gelassen, sekundenlang, tatsächlich die längste Zeit Sturm geläutet hatte, hinter das Haus ging. Um unser Haus herum, das ein stattliches Haus ist, ein großes, zweistöckiges, gut gegen das Wetter geschütztes, auch gut über die Jahre gekommenes sogenanntes Kriegsjahrgangshaus. Durch unseren Garten, in dem ich immer so ungern gearbeitet hatte, Gras geschnitten, Sträucher geschnitten, Unkraut gejätet. Oder die Beeren gepflückt. Das Gras war geschnitten, das Unkraut gejätet, die Bäume und Sträucher waren von kundigen Händen gestutzt. Und zwischen den Sträuchern, am Abhang, blühten die Lilien. Er habe natürlich, bei diesem Wetter, bei diesem Sommer, bei diesem Sonnenschein, auf ein offenes Fenster gehofft. Aber die Fenster seien alle geschlossen gewesen, die Fensterläden von innen verriegelt, die Lamellen schräg gegen den Sommer und gegen die Sonne gestellt, die Vorhänge zugezogen. So daß nichts zu sehen gewesen sei als auf dem Glas die von den Lamellen gleichmäßig zerschnittenen und zerstückelten Bilder des Gartens. Und nichts zu hören als aus den Bäumen das sinnlose Pfeifen der Vögel. Und unter den Sohlen das Knirschen von Kies. Und an den Fensterläden das Aufschlagen der Steinchen, die er geworfen habe, gegen die Fenster im ersten Stock, hinter denen die Schlafzimmer lagen. Und das dumpfe Geräusch im Gras, wenn sie, ohne Wirkung, zurückfielen. Er sei wieder zurückgegangen, sei um die Ecke gebogen, kam vor das Haus. Da stand die Türe weit offen. Im Türrahmen, im Halbdunkel des Eingangs, im Rollstuhl die

Mutter. Er schreibt, meine Mutter. Sie sei schwer in den Kissen gesessen, den Oberkörper nach vorne gebeugt, das Kinn auf der sich hebenden und senkenden Brust, die verkrümmten Hände an den Speichen der Räder. Sie habe ihn angeschaut. Sie habe ihn ausgeforscht. Obwohl von unten herauf, habe sie ihn von oben herab nicht aus den Augen gelassen. Langsam, ohne daß man die Bewegung wahrnehmen konnte, drehte sie an den Rädern. Langsam rollte sie rückwärts. Langsam verschwand sie im Dunkel des Hauses. Ich folgte, schreibt er. Ich grüßte. Sie wollte wissen, wo ich gewesen sei, schreibt er. Ich antwortete nicht. Statt dessen drückte ich mich an ihr vorbei, wobei ich sie, die mir den Weg abschnitt, die mir den Gang versperrte, beinahe umgestoßen hätte in ihrem Stuhl, rannte die Treppe hinauf, das Stiegenhaus hinauf, immer drei Tritte auf einmal, und in mein Zimmer, das noch immer als das Zimmer aus meiner Kindheit mitten im Haus lag. Das er noch immer, wann immer er daran denke, im stillen als sein Zimmer bezeichne. Auch wenn er auf der anderen Seite der Welt sei. In dem er sich also auch jetzt wieder sogleich verschanzt habe. Ich habe mich in meinem Zimmer vor meiner Mutter verschanzt, schreibt er, ich habe die Türe ins Schloß geworfen, ich habe den Schlüssel im Schloß gedreht, ich habe mich mit dem Rücken gegen die Türe gelehnt. Ich hielt mir die Ohren zu, schreibt er, aber natürlich hörte ich jedes Geräusch. Das Zimmer sei dunkel gewesen. Abgedunkelt, schreibt er, wie das ganze Haus, durch diese ständig geschlossenen Läden. Seit dem Beginn ihrer

Krankheit habe die Mutter immer mehr angefangen, alles Licht aus dem Haus auszusperren, die Läden auch tagsüber geschlossen zu halten, sei sie immer mehr dazu übergegangen, keinen Unterschied mehr zu machen zwischen dem Tag und der Nacht, heute und morgen, Sommer und Winter. Immer dämmere sie, auch an den schönsten Tagen, auch in der heitersten Jahreszeit, nur vor sich hin. Einen Augenblick lang habe er in sich den selbstverständlichen Impuls gespürt, auf das Fenster zuzugehen, das Fenster zu öffnen, die Fensterflügel weit auseinanderzuschlagen und die Läden mit großer Kraft auf- und gegen die Hausmauer zu stoßen, die er übrigens noch vor wenigen Jahren selber gemalt habe, der Mutter zuliebe, um Geld einzusparen; aber im nächsten Augenblick habe ihm dazu die Kraft gefehlt. Mir hat die Kraft gefehlt, schreibt er, unerklärlich, unbegreiflich, auch für mich selber, sobald ich nicht in dem Haus bin, einfach die Kraft gefehlt, die es dazu gar nicht braucht. Natürlich rief sie nach mir. Ich gab keine Antwort. Natürlich sandte sie in regelmäßigen Abständen ihre Wehklagen aus. Ich ließ mich nicht rühren. Sie schrie. Ich blieb stumm. Zu gut kannte ich all diese Töne. Zu oft hatte sie mir mit dieser Tonleiter der Schmerzen schon in den Ohren gelegen. Inzwischen, schreibt er, habe er sich auch an das Dunkel wieder gewöhnt gehabt. Er sei von der Türe zurückgetreten, ins Innere des Zimmers hinein, habe sich auf das Bett gelegt, das mit frischem Bettzeug bezogen gewesen sei, er habe die Augen geschlossen. Von Zeit zu Zeit sei noch ein Schluchzen zu ihm herauf gedrungen. Dann sei es still geworden im Haus. Ich lag auf dem Rücken, schreibt er. Ich war müde. Ich hätte gerne geschlafen. Mit den Händen tastete ich, wie in den Kindheitsnächten, die Furchen der Wände ab. Ich spürte den Wunsch nachzugeben, nachzusehen stärker werden in mir. Die Augen aufzuschlagen, vom Bett aufzustehen, an die Türe zu gehen, nach ihr zu horchen. Hielt aber stand. Habe standgehalten, schreibt er, habe der Versuchung, wie sehr sie mich auch bedrängte, je länger es still blieb im Haus, je mehr Zeit verstrich, trotz allem nicht nachgegeben. Ich ging nicht zur Türe. Ich stand nicht auf. Ich hielt die Augen geschlossen. Gegen Abend sei plötzlich ein Schlag zu hören gewesen. Ein schwerer, harter Schlag. Dann wieder nichts. Dann drang ein Wimmern die Treppe herauf. Jetzt sei er aufgesprungen, schreibt er, als ob er nur auf das Zeichen gewartet hätte. Flog durch das Zimmer, drehte den Schlüssel im Schloß, war auf dem Flur, rannte hinunter. Da lag sie, die Mutter, am Fuß der Treppe. Und habe sich hilflos in sich zusammengekrümmt. Der Rollstuhl war umgekippt. Die Kissen begruben sie. Sie wollte zu Bett gebracht werden. Jetzt, schreibt er. Auf der Stelle, schreibt er, von mir, schreibt er, will sie zu Bett gebracht werden. Wo ist der Vater? frage ich, schreibt er. Fort, sagt die Mutter. Wie fort? frage ich, schreibt er. Im Bett, sagt die Mutter. Jetzt? frage ich, schreibt er, um diese Tageszeit schläft er? Er schläft doch immer, wenn ich ihn brauche, schreibt er, habe die Mutter gesagt. Und du weißt das. Trotzdem habe er nach seinem Vater gerufen. Trotzdem rief ich nach ihm, schreibt er. Vater! rief ich, wo bist du? Der Vater gab keine Antwort. Noch einmal, Vater, wo bist du, wo er denn sei, nichts, keine Erwiderung. Tatsächlich schien er zu schlafen. Er habe das ja gekannt, habe es aber immer wieder einfach nicht glauben können. Einfach nicht glauben wollen. Es war nicht zu fassen, schreibt er. Aber es war so. Es sei so gewesen. Er habe also der Mutter unter die Arme gegriffen, habe sie mühsam am Boden in eine sitzende Lage gebracht, habe sie aufgerichtet. Sie sei schwer gewesen, habe sich schwer gemacht, er habe ihr Gewicht unterschätzt, sei auf ihren heruntergekommenen Anblick hereingefallen. Aufgerichtet, schreibt er, war sie noch immer eine mächtige Frau. Obwohl sie den Kopf habe hängen lassen. Obwohl sie sich habe gehen lassen. Obwohl sie sich habe fallen lassen, immer wieder, in seine Arme. Er habe sie gegen die Wand gelehnt. Er habe die Krücken geholt. Er habe ja gewußt, wo sie sie immer versteckt gehabt habe. Da sei sie schon wieder zusammengesunken gewesen, von der Wand abgerutscht, ein Haufen Elend, am Boden. Sei auf dem Boden gesessen, mit hängenden Schultern, den Oberkörper nach vorne gebeugt, die Last, die sie sich selber gewesen sei, auf den Handballen abgestützt. Hilf mir, schreibt er, habe sie ihm befohlen. Halte mich, schreibt er, habe sie ihn gebeten. Ich kann allein nicht mehr stehen. Meine Beine tragen mich ja nicht mehr. Und dein Vater läßt mich im Stich. Aber er habe sie ja gehalten. Aber er habe ihr ja geholfen. Natürlich, habe er ihr gesagt, ich helfe dir ja. Ich lasse dich nicht im Stich. Du mußt dich nur festhalten an mir. Du mußt dich nur abstützen auf mich. Was kann denn geschehen? Und mit den Füßen habe er währenddessen die Kissen beiseite geräumt. Dem Rollstuhl habe er einen Tritt versetzt. Steh auf, schreibt er, habe er ihr gesagt. Daß sie jetzt aufstehen müsse, habe er von seiner Mutter verlangt. Und seine Mutter sei aufgestanden, schneller, als er es von ihr habe erwarten können, schneller und leichter, als er sich das jemals vorgestellt habe. Natürlich habe sich ihr Gesicht dabei zu einer einzigen Maske des Schmerzes, zu einer Schmerzensgrimasse verzerrt. Natürlich sei sie wieder in ihr ewiges Wimmern verfallen. Natürlich habe sie wieder Anstalten gemacht, vornüber zu kippen. Er habe ihr aber rasch die Krücken unter die Achseln geschoben, so daß sie plötzlich erstaunt ihm gegenüber gestanden sei. Laß mich nicht los, sagte sie, schreibt er. Aber er habe sie ja nur einen Augenblick lang losgelassen. Nur diesen Augenblick. Jetzt sprang er ihr wieder bei. Jetzt sei er ihr wieder beigesprungen, jetzt sei er ihr beigestanden, schreibt er. Ich half ihr die Treppe hinauf, so gut ich nur konnte. Blieb hinter ihr. Ging hinter ihr her. Langsam, geduldig, Stufe für Stufe. Schob. Bückte mich, hob ihre Beine, die einerseits abgemagert, andrerseits aber mit Wasser gefüllt waren, mit diesem typischen Altersbrand, eins nach dem andern, setzte ihr immer einen Fuß über den andern, stemmte gleichzeitig die Schultern gegen den hin und her schlagenden Leib, der immer wieder zurück, rücklings die Treppe herunter fallen wollte, der keine Knochen, der keine Muskeln, der kein Rückgrat zu haben schien, stützte sie in den

Hüften, faßte sie in den Steiß, drückte sie, drängte sie aufwärts. Darüber, schreibt er, wurde es Nacht. Und er habe endlich, auf halber Höhe, in diesem zwielichtigen Haus das Licht anmachen dürfen. Sie habe ihm zugestimmt. Erschöpft habe sie mit dem Kopf genickt. Der Schweiß, vermischt mit Farbe, sei ihr aus den ermatteten Haaren über Stirne und Wangen den Hals herunter in ihre Kleider geflossen. Die Augen seien tief in den Höhlen gelegen. Die Frau, die seine Mutter gewesen sei, habe gekeucht und geschnauft. So daß ihr stoßweises Keuchen und Schnaufen doch endlich, dachte ich, schreibt er, den Vater hätte aufwecken müssen. Aber der Vater zeigte sich nicht. Der Vater dachte im Traum nicht daran, in Erscheinung zu treten. Ich kann nicht mehr, stieß die Mutter hervor. Du kannst, entgegnete ich. Es geht nicht, jammerte sie. Es geht, gab ich zur Antwort. Und so immer fort, schreibt er, und immer weiter, tief in die Nacht hinein, eine halbe Stunde, eine Stunde, zwei Stunden, er wisse es nicht, er könne es nicht angeben, er habe, schreibt er, die Orientierung vollkommen verloren. Alles um ihn herum vollkommen vergessen. Aus dem Blick, aus den Augen gelassen. Endlich waren wir oben. Am Ende des Treppenhauses. Am Ende des Korridors. In ihrem Zimmer, das Wand an Wand neben dem meinen lag. Allein, schreibt er. Die Türe war hinter uns zugefallen. Er sei erschrocken. Er habe daran gedacht, wie er früher, als der Vater noch bei ihr geschlafen habe, vor zwanzig Jahren, manchmal Geräusche herüber habe dringen hören, durch die Mauer oder durch den nach beiden

Seiten seine Warmluft durch verstellbare Klappen abgebenden Kamin, die wie das Weinen der Mutter geklungen hätten. Sie stand in der Mitte des Zimmers, das ihr Schlafgemach war, neben der Hälfte des Ehebetts, die ihr geblieben war, deren schwere, dunkle Holzumrandung noch immer alles beherrschte. In diesem Geviert, schreibt er, zwischen diesen Brettern war ich von ihr geboren worden. Mit den Füßen voran. Daran dachte ich jetzt. Das Bettzeug war aufgeschlagen, das Leintuch war schmutzig. Vertiefungen drückten den Körper ab, der hier sonst lag. Am Kopfkissen waren Spuren von Blut. Nasenblutenreste aller Wahrscheinlichkeit nach, vermischt mit verkrustetem Schleim. Ich hatte, schreibt er, mit einem in mir gegen die Mutterliebe aufkommenden Ekel zu kämpfen. Mit einem Abscheu. Mit einem Widerwillen, schreibt er, den er nur mit der größten Anstrengung vor der Mutter habe verborgen halten können. Die Luft sei stickig gewesen. Drückend und stumpf. Es habe nach Medikamenten gerochen. Nach Desinfektionsmitteln und Kampfer. Er sei fast zu Boden geschlagen worden von diesen Gerüchen, von dieser Luft. Schnurstracks sei er auf das Fenster zugegangen, das hier wie im ganzen Haus natürlich geschlossen gewesen sei, habe es aufsperren wollen, die Vorhänge zur Seite ziehen, die Fensterläden aufschlagen, die Nachtluft hereinlassen. Es war nicht erlaubt, schreibt er. Noch auf dem Weg dahin sei er durch einen Ruf der Mutter an seinem Vorhaben gehindert worden. Bleib stehen, rief sie. Er sei stehen geblieben. Die Fenster bleiben geschlossen. Hier muß aber wieder einmal gelüftet werden, sagte ich, schreibt er. Hier wird nicht gelüftet. Nicht, solange ich hier befehle, habe die Mutter gesagt. Weil sie sonst friere. Ich werde ersticken, schreibt er, habe er ihr geantwortet. Du wirst nicht ersticken, habe die Mutter gesagt, ich werde erfrieren. Er habe es aufgegeben. Es sei nichts zu machen gewesen. Er sei gegen die Mutter nicht angekommen. Dreh dich um, habe sie von ihm verlangt. Er habe sich umgedreht. Schau mich an, habe sie ihm befohlen. Er habe sie aber nicht angeschaut. Er habe zuerst auf den Boden, dann auf die Verbindungstüre zum Zimmer des Vaters gestarrt. Jetzt zieh mich aus, schreibt er, sagte die Mutter, als ob es die selbstverständlichste Sache der Welt wäre. Allein kann ich das nämlich nicht mehr. Und dein Herr Vater zieht es ja vor zu träumen. Ich bin, schreibt er, vorwärts getaumelt, ein paar Schritte, dann wieder zurück, dann wieder vorwärts, haarscharf an ihr vorbei, an die Türe des Vaters. Dort blieb ich stehen, schreibt er. Ich stützte mich gegen die Wand. Ich legte das Ohr ans Holz. Ich horchte. Ich hörte, wie sich der Vater im Bett von der einen Seite auf die andere drehte. Er schnarchte, schreibt er. Tatsächlich schnarchte er. Tatsächlich, schreibt er, schlief er den Schlaf des Gerechten. Zieh mich aus, sagte die Mutter. Ich rüttelte an der Türe des Vaters, schreibt er, aber die Türe war abgeschlossen. Komm, sagte die Mutter, dein Vater will nicht gestört werden von uns. Ich drehte mich um. Ich hätte die Türe des Vaters einschlagen mögen, den Vater hätte ich schlagen mögen, seine Ausrede, die Schlafsucht, hätte ich mit den Fäusten aus seinem Kopf schlagen wollen. Statt dessen, schreibt er, half ich der Mutter still aus den Kleidern. Den Reißverschluß den Rücken herunter habe er aufgemacht. Das Häkchen an ihrem Kragen aufgehakt. Die Krücken, als sie sich rechts und links aus den Ärmeln herausgeschält habe, habe er ihr abwechslungsweise gehalten. Den Rock, aus dem sie mühsam und mit viel Umständen herausgestiegen sei, habe er vom Boden aufgehoben und in den von Röcken, die sie nie mehr getragen habe, so weit er sich zurück besinnen könne, überquellenden Schrank gehängt. Den Unterrock, der mit Spitzen besetzt gewesen sei, habe er ihr, während er gleichzeitig wieder die Stöcke habe halten müssen, über den Kopf und über die erhobenen Arme gezogen, dann auf das Bett geworfen. Zuletzt nahm ich die Halskette von ihrem Hals. Nackt sei sie vor ihm gestanden, schreibt er, nur noch mit Hose und Brustwehr bekleidet, in ihren Krückstöcken wie eine Gekreuzigte hängend. Er habe sich weggedreht, habe sich von ihr abgewendet, habe an ihr vorbeigeschaut, so gut er es gekonnt habe. Aber ich mußte ihr doch, schreibt er, das Nachthemd noch über die Schultern werfen und über die Arme und über die Krückstöcke herunterzerren und vorn, über der Brust und an den Handgelenken, nachdem sie dann in die Ärmel geschlüpft war und ich ihr die Krückstöcke unter dem Hemd hervorgeholt hatte, die Hemdknöpfe zuknöpfen. Und mußte sie an den Ellbogen fassen und sie an das Bett heran führen und ihr vor dem Bett die Krückstöcke abnehmen. Dabei, schreibt er, sei er natürlich wohl oder übel mit ihrer

Wäsche auch in Berührung gekommen, die, wie er habe feststellen müssen, nicht die sauberste Wäsche gewesen sei, auch nicht die modischste Wäsche, das habe sich, schreibt er, nicht ganz vermeiden lassen. Die Mutter setzte sich auf den Bettrand. Stell doch die Stöcke weg, sagte sie, schreibt er. Ich lehnte die Stöcke gegen den Nachttisch. Siehst du die Salbe dort? fragte sie. Dort, auf dem Nachttisch? Diese hier? fragte ich. Die andere, sagte sie. Diese dort, diese. Aber der Nachttisch war voll von Dosen und Tuben und Flaschen. Wähl eine aus, sagte sie, es kommt auf die Hände an, nicht auf die Salbe. Ich nahm eine Tube in die Hand. Setz dich aufs Bett, sagte sie. Da, neben mich. Er habe sich neben sie auf die Bettkante gesetzt. Sie habe sich zur Seite gedreht. Ihm den Rücken entgegengewölbt. Reibe mich ein, habe sie ihm befohlen. Er habe sich Salbe auf die Handfläche gequetscht und sich, unter dem Filz ihrer Haare, an ihrem Nacken zu schaffen gemacht. Sie habe einen Schrei ausgestoßen. Tu ich dir weh? habe er sie gefragt. Es ist kalt, habe sie nur gesagt, aber es wird mich ja wärmen. Also habe er weitergemacht, schreibt er, habe er weiter gerieben. Tiefer, habe die Mutter gesagt. Er habe also, mit der Hand unter das Tuch des Nachthemds fahrend, tiefer gerieben. Knöpf mir das Nachthemd auf, leg mir die Schultern frei, reib mir den Rücken ein. Er habe ihr das Nachthemd aufgeknöpft, er habe ihr die Schultern freigelegt, er habe ihr die Schultern eingerieben. Warte, habe die Mutter gesagt, laß mich das Gestell ausziehen. Sie habe versucht, sich das Gestell auszuziehen, unter dem Hemd. Hilf mir doch, sagte sie, schreibt er, ich kann es nicht, ich habe keine Kraft in den Fingern. Er habe also an ihrem Gestell herumgenestelt, habe die Häftchen gelöst, habe die meterlangen Schnürsenkel durch die Ösen gezogen, habe endlich das Gestell unter dem Hemd auseinandergebrochen. Jetzt zieh es heraus, habe die Mutter gesagt. Er habe es also, ihr das Hemd fast zersprengend, herausgezogen. Nun ist es gut, sagte sie, schreibt er. Und das Gestell leg aufs Bett. Er habe das Gestell also aufs Bett gelegt. Und dann mach weiter, habe die Mutter gesagt. Er habe weitergemacht, habe ihr das Fett, von dem ein penetranter Geruch ausgegangen und ihm in die Nase gestiegen sei, in die vertrocknete, schlaffe, in leeren Beuteln herunterhängende Haut eingerieben. Tiefer, habe sie aber gesagt. Er habe tiefer gerieben. Tiefer, habe sie wieder gefordert. Er sei ihrer Aufforderung nachgekommen. Tiefer, befahl sie. Er habe tiefer und tiefer, vom Nacken über die Schultern den Rücken hinunter, gerieben, bis zu den Hüften, bis ans Gesäß. Während das Nachthemd, schreibt er, bis zu den Ellbogen gerutscht war. Nun ist es genug, sagte die Mutter. Nun ist es genug, sagte ich, schreibt er. Er sei aufgestanden, erschöpft, erledigt, ganz außer Atem gekommen, habe die leergepreßte Tube beiseite, zurück auf den Nachttisch gelegt. Habe um Luft gerungen. Sein Blick sei auf das leere Gestell gefallen, das neben dem dünnen Stoff des Unterrocks steif auf dem Bett gelegen habe. Das also trägt meine Mutter, dachte ich, schreibt er. Als ob sie gewußt habe, woran er denke, habe sie es aber mit einer schnellen Bewegung der Hand, zusammen mit dem Unterrock, zu Boden gefegt. Wo es nach zwei, drei Schaukelbewegungen als etwas ihm vollkommen Fremdes, Fremdartiges, Urzeitliches liegengeblieben sei. Dreh dich um, schreibt er, habe die Mutter gesagt. Aber bevor er es habe tun können, habe sie mit einem schnellen Griff unter das Nachthemd die Unterhose ausgezogen, habe sie die Unterhose unter dem Nachthemd hervorgezogen, über die Knie, über die Beine heruntergestreift, auf den Stuhl in der Ecke geworfen. Ein großes, weites, zerlumptes Stück Stoff, aus seiner Form gesprengt, an einem losen Gummiband aufgehängt, schreibt er, mit den bekannten Wasserrändern an den bekannten Stellen. Dann legt sie sich hin, schreibt er. Dann legt sie sich auf den Rücken. Ich, schreibt er, muß sie an ihren Beinen packen, die in den Stützstrümpfen stecken, und muß sie an ihren Beinen auf das Bett hinauf drehen. Ich tue es auch, schreibt er, ich packe sie an den Beinen und drehe sie ganz auf das Bett hinauf. Du mußt mir die Beine spreizen, sagt sie. Sie darf die Beine nicht mehr geschlossen halten. Ihre Gelenke ertragen die geschlossene Stellung nicht mehr. Ich spreize ihr also die Beine. Ich packe sie an den Knöcheln und lege die Füße weit auseinander. Zieh mir die Strümpfe aus, sagt sie. Und ich ziehe ihr also die Strümpfe aus. Diese dicken, elastischen Strümpfe, die bis über die Knie hinauf um ihre Beine herum wie Gummihäute gespannt sind. Ich stehe am Fußende des Bettes und beginne an diesen Strümpfen zu ziehen. Weiß aber nicht, wo ich beginnen soll. Soll ich der Mutter zwischen die Zehen greifen, soll ich versuchen, die Gummihaut an ihrem unteren Ende zu fassen, oder soll ich ihr gleich an die Schenkel, soll ich versuchen, die Haut oben, an ihrem oberen Ende, an ihrem Bund, mit den Fingern in sie hineinschlüpfend, zu fassen und umzustülpen und über sich selber, von oben nach unten, herabzuziehen? Beides versuche ich, eins nach dem andern, abwechslungsweise, immer von neuem. Greife hin, lasse fahren, greife von neuem hin. Aber die Strümpfe wollen nicht abgehen. Was ich auch immer versuche, ob mit der einen, ob mit der andern Methode, die Strümpfe gehen nicht ab. Rutschen nicht, lassen sich auch nicht umstülpen, entziehen sich meinem Griff. Au, schreit die Mutter. Du tust mir weh. Ich tue ihr weh. Ich tue der Mutter weh. Ich ziehe und zerre an ihr. Hänge an diesen Strümpfen, die ich ihr über die Füße ziehen will. Aber die Strümpfe geben nicht nach. Dehnen sich aus, ziehen sich in die Länge, lassen sich in die Länge ziehen, werden dünner und dünner, aber geben nicht nach. Aber ich gebe nach. Spüre, wie meine Kräfte nachlassen. Lehne mich gegen die Schwäche nach hinten. Stemme mich mit den Knien gegen die Bettlade. Aber mein Rumpf beugt sich nach vorne, wird über die Bettkante, über die Brüstung nach vorne gerissen, auf ihre Beine zu, auf die gespreizten Beine der Mutter zu, wenn ich nicht loslasse, wenn ich nicht auf der Stelle diese Stützstrümpfe loslasse, werde ich von diesen Stützstrümpfen zwischen die Beine der Mutter geschleudert, zwischen die offenen Beine der Mutter gerissen, ich spüre den immer stärker werdenden

Zug, ich wehre mich noch, ich sträube mich noch, aber das Ende ist abzusehen, schon kommt es näher, kommt auf mich zu, mir schwindelt, schon wird es schwarz, schon wird es mir schwarz vor den Augen, ich sehe nicht hin, aber ich sehe es, aber ich sehe das Loch, aber ich sehe das schwarze Loch. Da werden die Knie weich, da lasse ich los, da schlage ich rücklings hin. Aber bevor mir die Augen zufallen, bevor mich die Ohnmacht befällt, bevor ich in das schwarze Loch hinab falle, sehe ich noch, wie die Mutter vom Bett aufspringt. Wie sie über mir steht. Wie sie sich über mich beugt. Als ich erwachte, schreibt er, lag ich auf meinem Bett, auf dem Rücken, mit einer Wolldecke zugedeckt. Neben mir, riesenhaft, auf ihre Krücken gestützt, den Morgenrock über die aufragenden Schultern geworfen, stand meine Mutter und schaute auf mich herab. Ich fühlte mich krank. Ich war geblendet. Das Sonnenlicht stach mir ins Auge, fiel durch die weit geöffneten Fenster ins Zimmer, lag hell auf den Wänden. Von draußen hörte man Vögel. Was ist geschehen? fragte ich, schreibt er. Nichts, sagte die Mutter. Nichts ist geschehen. Morgen ist es geworden. Aufstehen sollst du. Ich habe uns schon das Frühstück gemacht. Ich stand auf, schreibt er. Und wie ich aufstand, schreibt er. Schüttelte die Müdigkeit von mir ab. Schleuderte die Wolldecke weit von mir fort. Stieß die Mutter weit von mir weg. So daß ihre Krücken zu Boden krachten. Stürzte davon, schreibt er. Rannte die Treppe hinunter. Hätte beinahe den Vater, der im Schlafrock im Flur stand, über den Haufen gerannt. Riß die Haustüre auf. Schlug die

Haustüre hinter mir zu. Sah mich nicht um, schreibt er. Floh, schreibt er. Und bin also auf meiner Flucht. Und sei also auf seiner Flucht von zu Hause plötzlich wieder zu Hause gewesen.

*Der Traum des Seiltänzers
vom freien Fall*

Ich kündige, rief der Seiltänzer im Brustton der Überzeugung aus, jetzt kündige ich, als er mit tränengeröteten Augen spät nachts in den Direktoriumswagen trat, jetzt ist es soweit, jetzt ist genug Heu unten, das hat ja alles keinen Sinn.
Was ist denn ums Himmels willen geschehen, fragte verwundert der Direktor, indem er, hinter seinem Schreibtisch sitzend, den hocherhitzten Kopf aus einigen Zetteln hervorkramte, Sie sind doch nicht etwa gefallen?
Eben nicht, sagte der andere wieder; ein gebrochener Mann, stand er in seinem abgetragenen Flitter vor seinem Herrn. Noch nie bin ich gefallen.
Nehmen Sie Platz, sagte der Direktor, der den Anblick seines schlotternden Artisten nur schlecht ertrug. Erleichtern Sie Ihr Herz.
Der Künstler begann. Sechsundzwanzig Jahre bin ich nun in Ihrem Unternehmen, sagte er. Meine Wiege stand in Ihrem Zelt, immer habe ich Ihre Luft geatmet, in Ihrem Zirkus bin ich groß geworden. Ich habe mein Handwerk, das ja mehr ein Fußwerk ist, wenn man es genau nimmt, von der Pike auf erlernt. In Ihrem Sägemehl bin ich herumgekrochen, habe ich

die ersten Schritte versucht, habe ich schließlich laufen gelernt. Am Boden noch sitzend, von unten herauf habe ich dem Großvater auf die Füße geschaut, wenn sie wie im Traum durch die Luft sich tasteten, in der für meine noch unschuldigen Kleinkinderaugen gar nichts war, worauf man gehen konnte. Trotzdem ging er. Wie habe ich ihm freudig erregt mit den Ärmchen entgegengefuchtelt, wie in die Hände gepatscht, wenn er wieder unten vor mir stand, wenn er mich nach getaner Arbeit in seine starken Arme nahm. Und an den Abenden, wenn ich im Wagen lag und aus dem Zelt die Klänge der Kapelle an mein Ohr herüberdrangen, wenn Großvater seinen großen Auftritt hatte und ich nicht Ruhe finden konnte, da hat mir Großmutter von *seinem* Großvater erzählt und wieder von dessen Großvater und immer weiter zurück und weiter hinab. Aus lauter Seiltänzern bestand für mich die Welt, ein Gedränge von sich auf die Füße tretenden Artisten, alles, was gewesen war und war, für meine Einbildung war es ein einziger großer Zirkus.

Ja, in unserer Familie hat sich die Kunst über Generationen vererbt. Mein Vater selbst hat sie auch ausgeübt, wie Sie ja wissen. Von ihm habe ich eigentlich alles gelernt, was für den Beruf wesentlich war, er hat mich von langer Hand auf ihn vorbereitet, hat mir den Sinn geöffnet für seine bodenlose Schönheit, seinen abgrundtiefen Stolz, auch die gerade Haltung habe ich ihm abgeschaut, den stillen Eifer, die Kraft, die nicht zu sehen ist, den unbeugsamen Willen, zum Seil, zum hohen Seil.

Meine Mutter gab mir das nötige Feuer, die Sicherheit des Instinktes, aus der heraus ich mich in die Lüfte hob, die Wärme, in die ich immer wieder aus der Höhe zurückkam. Sie war es, die den Vater bat, auf den Knien bat, mich nicht mit sich in die Vorstellung zu nehmen. Sie fürchtete sich vor dem Beruf des Mannes und wollte nicht, daß, falls er stürzte, es vor meinen Augen geschehen sollte. Wie schon die Großmutter zum kleinen Kind sprach auch sie oft von der Gefahr, in der man immer schwebte, sie hatte eine dunkle Ahnung. Und diese ihre Angst übertrug sich allmählich auf mich, ganz gegen ihre Absicht, als nur noch größere Achtung und Verehrung dessen, was doch unauslöschlich in unserem Blut lebte.

Dann kam der Abend, lebhaft erinnere ich mich noch heute an ihn, an dem ich doch mit in die Vorstellung ging, an dem mich nämlich die Großmutter mit lustigen Augen bei der Hand nahm und ich, endlich, endlich, zum ersten Mal im Leben mitdurfte ins große Zelt, in dem der Mittelpunkt mein Vater war. Als noch immer kleiner Knirps saß ich da unter den großen Menschen, in der vordersten Reihe, und hatte meinen Blick mit ihnen steil erhoben, empor zu ihm, der über unseren Köpfen zauberte. Ich begriff nicht viel, ich wußte nicht, was es war, wie wandelnd durch die Nacht hielt ich die Augen aufgerissen, und als ich dann im donnernden Applaus um mich herum im Rund aus meinem Wachschlaf schreckte, da wußte ich nur eines: ich würde diesen Weg auch gehen müssen, hoch am Himmel, zwischen nichts und nichts.

Den sind Sie ja dann gegangen, sagte der Direktor, mit den Fingern spielend.
Bis heute bin ich ihn gegangen, sagte der Künstler, jetzt habe ich die Nase voll. Einmal ist schließlich genug.
Nu, nu, sagte der Direktor, Sie sind einer der Größten Ihres Fachs!
Der Künstler fiel ihm ins Wort. Ach, erzählen Sie mir nichts, sagte er. Ich weiß zu gut über meine Situation Bescheid. Man hat mir früh genug, schon in den ersten Stadien, als ich kaum stehen konnte, als ich auf breiten Brettern noch die ersten Schritte übte, da schon hat man mir erklärt, worauf es endlich ankommt. Bevor ein Reiter nicht vom Pferd fiel, ist er kein Reiter, war das Sprichwort, das alle Lehrer, die ich jemals hatte, von früh bis spät im Munde führten. Nein, nein, ich weiß wohl um die wahre Meisterschaft und um den höchsten Gipfel unserer Kunst. Es ist der Fall. Der freie Fall. Nur wenn man ihn beherrscht, als einen Kunstschritt unter Schritten, nur dann hat Seiltanz einen Sinn, beherrscht man sich, ist man der Meister seiner selbst. Sonst nicht.
Der Künstler schwieg. Der Direktor, den ein kleines Unwohlsein ankam, räusperte sich, dann sagte er, ich verstehe Sie nicht, beim besten Willen.
Ich habe es auch lange nicht verstanden, sagte der Tänzer. Die längste Zeit habe ich dem Irrglauben angehangen, die Kunst sei es gerade, *nicht* zu fallen. Welch ein Wahn! Welch ein Betrug! Nicht fallen ist so leicht. Das kann jeder, muß ja jeder können. Ich darf das sagen. Ich bin nie gefallen.

Wie harrte ich jahrelang dem Tag entgegen, da ich fiel. Abend für Abend mit klopfendem Herzen stieg ich unter das Zeltdach, das mein Himmel war. Heute wird es passieren, dachte ich jeden Tag, dann war wieder nichts. Immer war da, wo ich hintrat, das Seil. So lang wie ein Leben, so breit wie die Welt. Und zu beiden Seiten war ich, Elend über Elend, von hohen Mauern gehalten. So kam es mir vor.

Erst schrieb ich dieses Gefühl der Überlegenheit meines Könnens zu. Bis ich eines Tages – die Jugend und der hohe Sinn verloren sich – die Worte der Lehrer zu begreifen begann und verstand, ich kann ja nicht anders, es ist dies meine Schwäche, ich bin im Grunde ein Versager, in Gestalt des Sternes, der am Himmel steht, ich bin ein kleiner Wicht, ein Scharlatan.

Die andern, von denen ich hörte, mit denen ich lebte, die ich traf, alle hatten sie ihre Stürze, jeder den seinen, in seiner eigenen Art. Immer erzählten sie mir davon, zeigten mir ihre Wunden und Narben vor, mir, der ich selber nichts Zählbares aufzuweisen hatte, nie fiel und nie einen fallen gesehen hatte. Ihre Stürze waren ihr Ausweis, den sie auf sich trugen, wo immer sie waren, wohin immer sie gingen.

Vieles, was sie erzählen, wird auch Übertreibung sein, schaltete sich der Direktor ein, Prahlerei, Großtuerei, Aufschneiderei, Wichtigtuerei. Man kennt das.

Selbst wenn es so ist, fuhr der Künstler fort, und ich glaube das auch, so hat es seinen tiefen Sinn. Sehen Sie, Herr Direktor, ein jeder Beruf braucht seine Rechtfertigung, sie ist die Seele dessen, der ihn ausübt. Die des Seiltanzes ist der Sturz. Und ich habe sie nicht. Verstehen Sie? Ich habe sie nicht. Während die staunenden, die gläubig ungläubigen Menschen, welche tief unter mir im Dunkel die Köpfe nach mir recken, mit mir leben, mit mir atmen, Gedeih und Verderben wagen, für die Gefahr, in der ich schwebe, zahlen, ihr gutes Geld bezahlen, Ihnen zahlen, Herr Direktor, tanze ich leicht unterm Zeltdach dahin, kann Kapriolen schlagen, Luftsprünge machen, Kopf stehen, was immer Sie wollen, im Grunde kann mir gar nichts passieren, mein Weg ist vorgezeichnet, mit Stricken vorgezeichnet, hinüber, hinüber, und sie halten vergebens den Atem an, vergebens klopfen die Herzen der Menschen bis zum Zerspringen, für nichts und wieder nichts als meine Ohnmacht ernte ich Applaus. Meine Schwäche hält mich fest an tausend Seilen, die in tausend Sternen verankert sind, und das eine unter den Füßen, an dem mein Leben hängt, an ihm hänge ich in Wahrheit so sehr, daß ich mich kopfüber stürzen könnte, ich käme doch nicht los, die Füße oben, mit hängendem Kopf, käme ich noch immer hinüber. Ja, man kann gar nicht fallen, kann keinen Fehltritt tun, kann seinen Fuß gar nicht neben das Seil in die Luft setzen. Man wird immer hinüber kommen. Ein Leben lang. Ans andere Ende.

Und seit ich das weiß, es ist das Ergebnis meiner bisher sechsundzwanzigjährigen Erfahrung in diesem Beruf, glauben Sie mir, seit ich das weiß, verstehe ich auch, warum sie, unsere Vorgänger, in deren Fußstapfen wir leben, niemals ohne Netz gearbeitet haben. Nicht weil sie Angst hatten, sich die Köpfe blutig zu stürzen. Im Gegenteil, nur weil sie zu sicher waren.

Weil es ihnen Hoffnung gab, es unter sich zu sehen. Nicht den Sturz zu verhindern, war es da – welchen Sturz? –, sondern die Illusion zu geben vom *möglichen* Sturz, den schönen Traum vom freien Fall.

Nun, ich hätte mich vielleicht daran gewöhnt, wie andere als Scharlatan mein Leben zu beenden, den Leuten etwas vorzuspielen, woran ich nicht mehr glaube, wenn ich nicht in der Nacht auf heute eben diesen Traum selber geträumt hätte. Er aber rüttelte mich auf aus meinem Schlummer, gab mir neue Hoffnung, letzten Mut.

Glauben Sie mir, heute abend bin ich mit hohlem Kreuz in die Arena gestelzt, beflügelt vom Traum habe ich mich unter die Kuppel gehoben, habe unter dem Aufschrei der Menge selbstsicher den Fuß neben das Seil gesetzt, schwindelnd vor endlichem Glück: wieder fiel ich nicht. Wieder saß ich auf dem Seil, und was ich auch sonst noch versuchte, ich verfing mich in ihm, hoffnungslos, rettungslos. Am Ende gab ich es auf. Am Ende war ich wieder einmal drüben. Applaus schlug mir entgegen, unter lauterem Beifall als je stieg ich entmutigt hinunter, kopfschüttelnd verbeugte ich mich, ein letztes Mal, als ein Gefeierter trat ich ab.

Jetzt bin ich ohne Hoffnung. So stehe ich vor Ihnen. Er stand auf.

Ich sehe im Beruf den Sinn nicht mehr. Ich gebe auf. Ich will entlassen sein. Es sei denn ...

Da seit seinem Bestehen der Seiltanz die Attraktion des Unternehmens war, versprach der Direktor seinem Künstler das Netz.

Die Baumschule

Als Karr zu uns aufs Land hinaus kam, war es, um ein neues Publikum zu finden. In der Stadt hatte er, bis zu dem Tag, an welchem er, in der Stunde, bevor er seine Klasse, wie man sagt, ins Leben entlassen sollte, seinen Mädchen zum Abschied Rosen mitbrachte, in atemraubendem Tempo – eine Stunde hatte dort vierzig Minuten – und tatsächlich mit von Minute zu Minute immer atemloser werdender Stimme, indem er sich schließlich bis an den Rand des Wahnsinns erhitzte, ihnen Büchners »Lenz« vorlas und sie zum Ende mit einem gefährlichen Flackern im Blick bat, im Leben nicht unglücklich zu werden wie ihre Mütter, mit denen sie es deshalb so schwer hätten, wie mancher andere Lehrer seine Lektionen erteilt. Dies aber mußte durchgedrungen sein, Karr wurde zum Rektor geladen, und bevor noch das neue Semester begann, war er zwar nicht gerade gekündigt, aber doch ersetzt. Das war im Frühjahr. Etwas an seiner Lektion hatte mißfallen. Die Rosen, Büchner oder die Sache mit den Müttern.

Auf dem Land bekam er vorerst keine neue Stelle, die Zeiten waren schlecht, wohl war ihm auch sein Ruf vorausgedrungen, und so blieb ihm nichts anderes übrig, als seine Gedanken, die er früher an seine Schüler, je nach der Blickweise, verwendet oder verschwendet hatte, spazieren zu führen, und dies in seinem Kopf, der ihm dazu als Korb diente. Mit einem Korb oder Kopf voll fertiger Lektionen, aber auch voll noch ungeordneter Gedanken sah man ihn, vor allem im Hochsommer, wohl den Schatten suchend, durch die Wälder ziehen, vornehmlich am Fluß entlang, aber auch über den Berg, wo, wie er wußte, Rilke auch gegangen war. Bis er ihm zu schwer wurde oder zu heiß und er ihn in einer Wirtschaft unterwegs, meist aber, wenn er ihn noch erreichte, im Garten des Restaurants Tössegg im Schatten der Kastanien für eine Stunde oder zwei abstellen mußte. Und von Tag zu Tag, je mehr es schon auf den Herbst zuging, wurde er ihm früher schwer, weil er ja insgesamt immer voller wurde und am Ende zu voll, weil er ja auf jedem neuen Umgang immer Neues noch in ihn hineinfüllte, indem er die Welt, die an seinem Kopf vorbeizog oder vielmehr an der sein Kopf vorbeizog, durch diesen Kopf hindurchgehen ließ oder zumindest in ihn hinein und dann in seinem Kopf hin und her und nichts, das er einmal drinnen hatte, je wieder herausließ, da er ja kein Publikum hatte, sondern höchstens von einer Ecke in die andere schichtete und wieder, was zuunterst lag, nach oben holte. Er war, durch die Umstände, von einem Lehrer zu einem Denker geworden, und als solcher war er inzwischen auch im Dorf bekannt. Dies war, wie gesagt, gegen Herbst. Seine Umgänge wurden täglich kürzer, seine Einkehren länger, sein Kopf, wie auch gesagt, immer schwerer, unhaltbarer. Schon neigte er sich bedenklich zwischen den Achseln einmal vornüber, einmal hintüber, während Karr mit besonders aufrechtem Gang, die Hände auf dem Rücken, verzweifelt das Gleichgewicht zu wahren bemüht war. Aber der Tag war absehbar, an dem der Kopf ihm vom Rumpf kippen und er, Karr, ihn am immer länger sich ausziehenden Hals auf der Erde hinter sich herschleppen und bei jeder Richtungsänderung in die Gefahr kommen würde, sich selber auf den Kopf zu treten. Kurz, die Entwicklung zielte auf den Punkt hin, an dem Karr, dessen Umgänge, Bannumgänge nannte man das im Dorf und meinte damit, daß man den eigenen Bereich, die eigenen Grenzen abschreite, begründet durch die begründete Furcht, einmal den Rückweg nicht mehr zu schaffen, ohnehin schon mehr zu Drehungen um die eigene Achse geworden waren, einfach zu Hause blieb, im Hause seinen Kopf, ihn ins Kissen bettend, niederlegte aufs Bett und endlich sich selber dazu.

Nichts mehr hereinlassen, sagte er sich, nichts mehr in diesen Kopf herein, solange nichts wieder hinaus kann. Keinen Blick mehr aus dem Fenster werfen, denn in jeden Blick, den ich hinauswerfe in die Welt, wirft sich die Welt wieder hinein und durch den Blick hinein in mich. Aber auch kein Buch mehr anfassen, keine Zeitung mehr in die Hand nehmen, keine Musik mehr hören und vor allem: die Bilder an der Wand umdrehen, von mir weg, alles von mir weg. Denn jedes Bild, das ich sehe, jedes Buch in der Hand, jede Zeile darin wird in meinem Kopf zu einem neuen

Bild, zu einem neuen Buch, und wem soll ich daraus dann vorlesen. Alles wird ja in meiner Lehrerseele immer zur Lektion, und wem soll ich sie dann halten? Die Läden zu, die Augen zu, die Sinne zu, den Verstand abschalten, rief er sich zu, nichts mehr hereinlassen, nichts mehr hereinlassen ... bis ihn der Schlaf – scheinbar – erlöste. Aber in seinen Träumen lernte und lehrte er weiter seine Lektionen, vor leeren Bänken.

Es war Spätherbst, als er ein letztes Mal hinausging aus seiner Wohnung und in den Wald hinein oder vielmehr bis an den Wald heran. Die Weinbauern, die in ihren Hängen die Spätlese lasen, sahen ihm nach, wie er am Waldrand entlangging, von Zeit zu Zeit stehenblieb, sich bückte und aus dem braunen Laub etwas aufhob. Es waren Eicheln, und wo er stand, standen über ihm gewaltige Eichen. Nachdem er eine Weile auf dem Boden herumgerutscht war und die Säcke seiner Jacke gefüllt hatte, mit kleineren und größeren, noch grünen und schon halb verfaulten, ging er in der Abendsonne wieder zurück, vom Waldrand weg, den Hügel hinunter, seinem Haus entgegen und in die Wohnung hinein. Und jetzt – was nach allen Ohrenzeugenberichten im Dorf für ihn erstmalig war – pfiff er sogar vor sich hin. Zu Hause entleerte er die Säcke und entleerte er all seine Zimmerpflanzentöpfe von ihren zwar nicht eingeborenen, aber eingepflanzten Zimmerpflanzen, um sie mit frischer Erde zu füllen, die er aus dem Garten heraufholte, in die er all seine Eicheln hineinsetzte, und solcherart mit neuer guter Hoffnung geschwängert, stellte er die Töpfe an den besten Platz am Fenster über der Heizung zurück. Er goß sie gut durch, nahm selber einen Schluck zu sich und legte sich dann wieder zur Ruhe. Aber diesmal war es ein heiterer, leichter Schlaf, den er schlief, und ein heiterer, leichter Kopf, den er mit sich ins Bett nahm.

Von jetzt an stand er auch wieder jeden Morgen auf, goß, noch bevor er ein Frühstück zu sich nahm, seine Eicheln, setzte sich dann oft für Stunden auf einem Stuhl zu ihnen, von denen noch gar nichts zu sehen war, und glotzte sich die Augen aus dem Kopf und den Töpfen die Keime aus der Erde.
Als sie kamen, war es mitten im Winter, erst einer, dann zwei, dann mehr, am Ende waren es einundzwanzig – zwei Schwächlinge nicht gerechnet, die nach wenigen Tagen schon eingingen –, einundzwanzig Eichen, die da vor seinen Augen am Fenster aufwuchsen, gegen die Jahreszeit, gegen die Natur wuchsen und sich, da sie dicht beisammenstanden und einander Licht wegstahlen, gegenseitig zwangen, in unnatürlichem, fast schon unheimlichem Tempo über sich und übereinander hinauszuwachsen, immer ein Stämmchen höher als das andere, das ihm am nächsten stand, und mit einem Blattkranz mehr, wozu auch die Tatsache nicht unwesentlich beitragen mochte, daß Karr, einem alten Bauern- und Gärtnerrezept folgend, einmal die Woche mit seinen frisch geschnittenen Zehennägeln und zweimal mit seinen Fingernägeln düngte. So daß sich in wenigen Mona-

ten über seine Topfränder hinaus ein regelrechter kleiner Eichenwald erhob. Aus der Spritzkanne ließ Karr häufig regnen, manchmal blies er durch die jungen Blätter einen sanften Wind. Und als er, im Februar, seine Zöglinge für groß genug hielt, begann er mit dem Unterricht.

Büchner mied er, von den Müttern ließ er die didaktischen Finger vorerst auch, und auf die Rosen wollte er, so hatte er sich fest vorgenommen, erst im Zusammenhang mit den Bienen notfalls zu sprechen kommen. So begann er bei den Vätern.

Ihr stammt, fing er an, indem er sich an einem Montag früh vor seine Eichen setzte und nachdem er sich zweimal geräuspert hatte – schließlich war schon fast ein Jahr seine Stimme beinah unbenutzt geblieben –, ihr stammt, begann er also feierlich, aber trotzdem so buchstäblich wie möglich, ihr stammt aus den Eicheln ... Von den Eicheln bis zu den Bienen war es nur ein kleiner Schritt, und so hatte Karr, obwohl er mit äußerster Behutsamkeit vorging und seine Weisheit nur in kleinen Portionen servierte, seinen Pflänzchen bald einen recht guten und allgemeinen Begriff von der Natur und insbesondere von ihrer eigenen Natur beigebracht. Auf dieses solide Fundament sich abstützend, konnte er es wagen, persönlicher zu werden und zu seiner Haupt- oder Kardinallektion zu kommen, die er seinen Schülern, die er nach seinem Bild zu formen dachte, in einem sorgfältig abgefaßten und konzis gehaltenen Traktat bis zur Mundgerechtigkeit vorbereitet hatte, dem sogenannten, von

ihm so genannten »Tractatus über die Widernatur in der Natur selbst«, den er an einem regnerischen, nach seiner Meinung dafür besonders geeigneten Grauwettertag aufschlug, um daraus vorzulesen.
Er las. Und wieder, wie vor einem Jahr beim »Lenz«, las er sich mit zunehmender Dauer des Vortrags in ein zunehmend beängstigendes Feuer hinein. Ihr werdet euch wundern, begann er noch ruhig, daß ich euch von der Natur draußen erzähle, während ich euch aus dieser Natur, die jetzt draußen ihren Winterschlaf schläft, hereingeholt habe in meine Stube, unter mein Dach. Ihr meint vielleicht gar, was ich mit euch getan habe und tue, sei wider die Natur, pervers, wie die Menschen gern sagen, Ent- und Verführung von Kindern und Halbwüchsigen. Aber dem ist natürlich nicht so, sondern im Gegenteil. Unnatürlich ist nur die Natur. Ihr müßt das richtig und nämlich so verstehen: Da gibt es also diese Natur, diese sogenannte Natur, wie ich hinzufüge, die euch als Eicheln, ausgestattet mit dem natürlichen Drang nach oben, nicht weit von euren elterlichen Stämmen auf die Erde fallen läßt, damit ihr euch über sie erhebt, den Stämmen eurer Väter entlang, von denen ihr gefallen seid, in den Himmel hinein, so weit so gut, aber während ihr oben naturgemäß in den Himmel wachst, eurer Natur gemäß, Knospe um Knospe jedes Jahr öffnend, Blatt um Blatt nach einem eingeborenen Plan sorgsam entfaltend und Astkranz auf Astkranz setzend, werdet ihr unten von der Erde her schon wieder an euren Wurzeln angegriffen, während ihr den Himmel mit euren Kronen erobert, wird euch der Boden entzogen,

die Existenz unterhöhlt, Wühlmäuse und Maulwürfe nagen unter der Erde an euch, während ihr über den Wolken noch eure Pracht entfaltet, kurzum: der Himmel zieht euch hinan, die Erde reißt euch herunter. Und das ist pervers! Das ist widernatürlich!
Längst hatte sich Karr im Eifer von seinem Manuskript entfernt; mit erhobenem Kopf erregt vor seinen Töpfen auf und ab gehend, sprach er frei und uferlos. Das ist die Widernatur der Natur, rief er, von der ich spreche. Draußen werde ich euch dann alles zeigen können. Seht euch eure Väter an, werde ich sagen, wie sie da stehen mit ihren gewaltigen Stämmen, mit ihren gewaltigen Wurzeln, mit denen sie sich an die Erde klammern, mit denen sie sozusagen den ganzen lächerlichen Erdball *um*klammern, und seht zu ihren Kronen empor, wenn eure jungen Augen so weit reichen, wie sie in den Himmel wachsen, schon in den Himmel hineinwachsen, seht sie euch an, wie sie da stehen, als ob sie immer schon da gestanden hätten und für die Ewigkeit hier stünden. Aber in ihnen steckt schon der Wurm. In ihnen herauf ist schon der Wurm gekrochen, mit den Nährsäften aus der Erde durch die Wurzeln sich einschleichend und schon bis an die verzweigtesten Verästelungen heran, der Wurm. Oder steckt er noch nicht in ihnen, so steckt er schon in den Buchen daneben oder in den Birken, und morgen schon wird er den Weg finden hinüber. Oder wenn es der Wurm nicht ist, ist es der Käfer, der Borkenkäfer, der sich von außen geduldig durch die Rinde hindurch und durch die Jahrringe hindurch in den Stamm frißt, bis

in das Mark hinein. Oder wenn es der Borkenkäfer nicht ist, haben schon andere Tierchen mit ihren kleinen und kleinsten Nagezähnen begonnen, an den Blattspitzen zu fressen, und größere mit ihren größeren Zähnen an den Spitzen der Wurzeln. Und in all diesen Tieren und Tierchen steckt ein anderes Tier oder Tierchen, oder es ist zu ihnen jedenfalls schon unterwegs, sitzt schon in ihrem Fell und frißt sich hinein und unter die Haut und hinan ans Herz, während an *sein* Herz heran sich wieder ein Tier frißt, um es zu töten, während *es* noch ohne Ahnung davon das andere tötet und dieses wieder das andere und das andere endlich den Baum. Und das alles, was sich da ununterbrochen hervorbringt und auffrißt, ist die Natur. Während die Eiche scheinbar unerschütterlich dasteht, ist sie in Wirklichkeit von innen heraus und von oben herab und unten herauf faul, durch und durch faul, um ihre Wurzeln herum hat schon die Wühlmaus und hat schon der Maulwurf den Boden gelockert, und was wir naiv mit unseren Kinderaugen als ihr stolzes Leben betrachten, ist nur der Augenblick der Ruhe vor ihrem Fall. Daß er uns so lang scheint, hat mit unserer Kleinheit zu tun. Wenn ihr aber eine einzige Eiche einmal in ihrem Fall erlebt haben werdet, plötzlich und aus heiterem Himmel und aus scheinbar gänzlicher Gesundheit heraus durch das Geäst und das Dickicht des Waldes brechend und mit Donnerschlag auf dem Waldboden aufkrachend, dann werdet ihr sehen und einsehen und wissen, warum ich euch aus dem Wald herausgeholt habe und zu mir heran in diese irdenen Töpfe, über deren Rand ihr jetzt allmählich emporgewachsen seid und, während ich zu euch über das Leben spreche, weiter emporwachst und emporwachsen werdet, durch Erde von der Erde getrennt, durch Natur von der Natur, ein Kunstwald gegen den Naturwald, und darum wahre Natur! In diesen Töpfen, hinter diesen Topfrändern, die euch zugleich einschließen und ausschließen, gefangennehmen und freimachen, schütze ich euch vor der Tödlichkeit der Natur. Hier erreicht sie euch nicht, die Wühlmaus nicht, der Käfer nicht, die Blattlaus nicht, die Krankheit nicht und nicht die Jahreszeit, also nicht das Alter, welches ihr Gehilfe ist. Ihr werdet mich hier in meinem Zimmer weit überleben, mit starken Ästen werdet ihr die Wände meiner Behausung durchstoßen, die Enge des Raumes und die Enge der Zeit. Ihr werdet nicht sterben. Darum spreche ich zu euch, damit ihr, wenn ich nicht mehr sein werde, Zeugnis ablegt von meiner Sehnsucht nach Leben, ihr, die ihr gegen die Natur in diesen Töpfen unsterblich sein werdet, die ihr mir lieber seid als alle Eichen draußen zusammen, die Baumschüler der Baumschule des Baumlehrers Karr.

Karr hatte seine Zimmerumgänge abgebrochen, stand still vor seinem Wäldchen und blies, indem er es lange väterlich betrachtete, zärtlich in es hinein. Dann sagte er, und wenn ihr euch über Winter gut haltet, gehen wir im Frühjahr zusammen hinaus in den Wald. Dann kann ich euch alles zeigen.
Er redete noch lange so fort, auch an den folgenden

Tagen, reihte Lektionen an Lektionen, die immer neue Spezifizierungen und Präzisierungen zu seiner Haupt- oder Kardinallektion brachten, und sein Wäldchen reifte unnatürlich schnell heran.
Aber als draußen vor dem Fenster die Knospen aufsprangen, die Kinder mit Rollschuhen an den Füßen durch die Dorfstraße lärmten, und alles zu grünen begann, wurde es unerwartet *hinter* dem Fenster Winter, der Kunstwald färbte sich gelb, lichtete sich und ragte schließlich kahl und dürftig aus den Töpfen heraus. Karr kehrte vom Fensterbrett und vom Boden das Laub zusammen, schloß hinter sich die Wohnungstür ab und schritt mit leichtem Kopf allein in den Frühling hinaus.

Die Brunnenentgifter

Eines Tages kamen die Brunnenentgifter, nachdem sie in den umliegenden Städten schon lange gewesen waren, endlich auch in unsere Stadt. Zuerst waren sie nur als kleine, dann aber größer werdende Staubwolke über der leichten Krümmung der Äcker und Felder, die entsprechend der Jahreszeit trocken waren, weit entfernt am Horizont in der Morgendämmerung auszumachen, dann stiegen sie mit der Sonne allmählich über den Rand der sichtbaren Welt, kamen über die Landstraße, die von dort zu uns herführt, zuerst scheinbar langsam, in Wirklichkeit aber rasch näher und waren schließlich, mit ihrem von ihnen selber gezogenen Handwagen, der unruhig hinter ihnen hersprang, einmal nach links, einmal nach rechts auszubrechen, gelegentlich gar zu kippen drohte, auch von bloßem Auge deutlich zu unterscheiden. Zwei Männer, in verdreckten Übergewändern, mit weiten, wahrscheinlich wasserabhaltenden, bei diesem Wetter natürlich überflüssig wirkenden, im Fahrt- oder Gehwind flatternden Schulterstücken, auf dem Kopf eine Art dreiflügliger, über dem Nacken spitz zulaufender Helme aus dunklem Leder, mit schweren, genagelten Schuhen, die sie, obwohl sie fast flogen, mit ihren weitausholenden, raumgreifenden Schritten, immer wieder fest auf die Erde stellten. Wir hatten sie schon erwartet. Die Kinder, die ihnen zuerst um die Wette entgegengerannt waren, kaum daß sie in ihre Reichweite gekommen waren, das heißt in die Spanne der ihnen von ihren Eltern zugestandenen Bewegungsfreiheit, die je nach ihrem Alter größer oder kleiner sein konnte, so daß der Troß, je näher er kam, immer zahlreicher wurde, schlossen sich ihnen an; hatten sie sozusagen vor den Stadtmauern abgeholt und zogen nun mit ihnen, indem sie um ihren Wagen herumlärmten und sich gegenseitig auf die darauf befindlichen, ihnen ganz fremden Gerätschaften aufmerksam machten, mit großem Gejohle durch das Osttor, über dem jetzt die Sonne stand, in unsere Stadt hinein. Die eine kleine, gut überschaubare, in sich geschlossene, gut erhaltene, gut durch die Geschichte und über die Zeiten gekommene, saubere Stadt ist. Folgten ihnen durch die hart an die Mauer gebaute äußere Stadt über den Graben durch die Marktgasse über den äußeren und den inneren Ring durch die innere Stadt bis in die Mitte, auf den Marktplatz, ins Herz, ans hiesige Ziel ihrer Berufung. Wo also die Ankömmlinge ihren Wagen, aus dem vollen Schwung der Reise heraus, durch ein einfaches Anheben und Steilstellen der Deichsel, am Rand des Brunnens, der nicht nur die Mitte des Platzes, sondern gleichzeitig das Stadtzentrum bezeichnet, zum Stand brachten. Der übrigens ein sehr alter Brunnen, ein Ziehbrunnen, ein Prunkstück der Brunnenbaukunst aus der Gründungszeit unserer Stadt ist, der schon vieles im Laufe der Jahrhunderte, die er überdauert und überlebt hat, gesehen oder vielleicht eher gehört hat. Und der, in seiner achteckigen Bauweise, mit seinen nahtlos gefügten Quadern, mit den in allen Himmelsrichtungen auf jenen vier der acht Seiten, auf denen auch die von den vier Stadttoren zusammenkommenden Hauptstraßen zentral auf den Platz einlaufen, eingelegten, aus Sandstein gehauenen, unser Stadtwappen darstellenden Steinmetzintarsien, mit seiner einfachen, naturfarbenen, natürlich auch schon verblaßten, nur die Umrisse etwas betonenden Kolorierung, mit den schmiedeeisernen Verzierungen und Halterungsringen, die an den Ecken angebracht sind, und mit seiner prächtig geschnitzten, sich an der metallenen Kurbel hoch über die Umrandung spannenden Seilwinde nicht weniger als unser Juwel ist. Den sie, die ja von Berufs wegen wahrscheinlich schon viel Vergleichbares gesehen hatten, auch sogleich, indem sie um ihn herumgingen, dann, über die zwei flachen Stufen, die ihn gleichzeitig erhöhen und einrahmen, an ihn herantraten, Blicke, dann Steine, zuerst kleinere, dann große, auf deren Aufschlagen sie über den Rand gebeugt horchten, in seinen Schacht hinunterwarfen, von allen Seiten begutachteten. Bevor sie, mit präzisen, geübten, haarscharf ineinandergreifenden Handgriffen, einer dem anderen zurufend und zuarbeitend, ihre Geräte vom Wagen luden und in einer genauen Ordnung griffbereit auf dem Kopfsteinpflaster neben dem Brunnenrand auslegten. Eigentlich gar nichts Besonderes. Ein paar Blechkübel in verschiedenen

Größen, diese geläufigen, uns von den Baustellen bekannten Eimer mit den beweglichen, bei jedem Anstoßen in ihren Scharnieren quietschenden und scheppernden Tragbügeln. Seile verschiedener Länge und Dicke, aus verschiedenem Material, wahrscheinlich Hanf oder Draht, säuberlich kreisförmig aufgeschossen die einen, in Form einer Acht übereinandergeworfen die anderen, vornehmlich dünneren, in größerer Anzahl. Dazu Räder zu einem Seilzug. Riesige schwarze Haken und Zangen und Kluppen mit ganz unterschiedlich geformten, mehr länglich gezogenen oder mehr nach der Breite hin ausgewuchteten Griffen und Mäulern und Bissen, spitz oder rund oder kantig oder nach der Art von Baggerzähnen gezackt. Rechen und Stahlbesen und Reisbesen, wie sie wahrscheinlich für andere Brunnenformen gebraucht wurden, in verschiedenen Stärken. Pickel und Schaufeln. So etwas wie eine Mistgabel auch. Und diese kanonenputzerähnlichen stachligen Stahlbürsten am Kopfende von langen Stangen und starken, aber gerade noch biegbaren Drähten, wie sie Kaminfeger sonst mit sich führen. Und Lampen natürlich, kleine, auf Stirnbändern montiert, und große, vergitterte Grubenlaternen. Nicht zu vergessen die Leitern, die sie zuletzt und zum erstenmal unter Aufgebot ihrer ganzen Kraft, die sie uns gerne zeigten, gemeinsam vom Wagen hoben. Um sie auch gleich, ohne sich nach vollendetem Abladen auch nur eine Atempause zu gönnen, mit der leichtesten und schmalsten beginnend, immer die kleinere in die nächstgrößere einhängend und die Verbindungsstelle mit Ketten sichernd, über den Brunnenrand in den Brunnenschacht hinunterzukippen und hinunterzulassen und mittels der letzten, größten, die dazu an ihrem oberen Ende eigens mit einer Art Wider- oder Enterhaken ausgestattet war, über die Brüstung zu hängen. Womit also alles zum Einstieg bereit war. Und sich der eine der Männer, der uns als der kräftigere von beiden, zumindest der stärker gebaute erschien, nachdem er sich vorher noch eine Stirnlampe über den Helm gezogen hatte, auch unverzüglich rittlings auf die hüfthohe Einfassungsmauer schwang. Wo er sich erst einmal in die Hände spuckte, über die er sodann die schweren, groben, an ihrer Innenseite abgewetzten Lederhandschuhe stülpte, die vorher in seinem Gürtel gesteckt hatten. An dem er die Sicherungsleine, deren anderes Ende sein Partner schon an einem der Eisenringe im Brunnengemäuer festgebunden hatte, mit dem Karabinerhaken, dessen Verschluß er zur Prüfung zwei-, dreimal auf- und zuklappte, festhakte. Um endlich, indem er links und rechts mit den Händen die Holmen der Leiter umfaßte, die Füße auf deren Sprossen setzte, einen immer eine Sprosse tiefer als den anderen, der diesen dann gleich wieder überholte, in einer einerseits schwungvollen, andrerseits sorgfältigen, steten Bewegung, langsam ins Dunkel des Brunnens hinabzutauchen. So daß wir ihn, unter unseren über die Tiefe gebeugten Köpfen, bald aus den Augen verloren. Während der andere ihm noch eine Art Schacht- oder Brunnensegen, irgendein aufmunterndes Wort, etwas wie Steinschlag und Wetter oder Je tiefer der Brunnen, um so heller der Quell oder Stille Schächte gründen tief, in sein Verschwinden hinein nachrief. Hätten wir ihm nicht die Leine, die er sich nun auch noch zur besseren Sicherung oder dosierteren Führung oder zu beidem, in einer großzügigen Schlinge um den Bauch und über die Schulter gelegt hatte, immer noch durch die Finger laufen gesehen, wir hätten es gar nicht glauben können, daß der Leitermann, von dem wir schon längst nichts mehr sahen, noch immer nicht unten sein sollte. Es schien uns nicht möglich. Die Minuten verrannen, und das Führungsseil lief, regelmäßig, in Rucken. Da wir mit einer solchen Möglichkeit gar nicht gerechnet hatten, hatten wir natürlich auch nicht von Anfang an auf die Uhr geschaut. Aber es verging eine lange Zeit. Wir hatten ja gar nicht gewußt, wie tief unser Brunnen war. Tief schon, das wußten wir, das hatten wir schon in der Heimatkunde während unserer Schuljahre gelernt, in der Tiefe der Brunnen bestand ja geradezu ihre Güte, für die wir unsere Vorfahren auf Geheiß unserer Lehrer auch gehörig bewundert hatten, aber nun so tief. Daß man die Steine, die man hinunterwarf, weil man es ja, entgegen den Weisungen, doch nicht ganz lassen konnte, und meistens dann gleich in Serie, nur ganz schwach, und nur wenn es rundum ganz still war, und nicht etwa wie in Wasser, sondern wie in etwas Sumpfiges einschlagen hörte, das war uns seit langem bewußt, wir hatten aber offenbar daraus nicht die genügend tiefreichenden Schlüsse gezogen. Wasser war da ja schon seit Menschengedenken keines mehr heraufgeholt worden. Obwohl die Seilwinde noch da war. Und jedenfalls auch, wie wir an diesem Tag noch erleben sollten, tadellos funktionierte. Er galt als vergiftet. Und an den Ringen, die einmal dazu gedient hatten, die Pferde oder die Kühe, die zur Tränke gebracht wurden, festzubinden, bellen heutzutage noch manchmal an Markttagen die Hunde der Händler. Die Aufgabe des Brunnens haben Hydranten übernommen, die rund um den Platz herum aufgestellt sind. Und unsere Haushaltungen sind ohnehin längst an die städtische Versorgung geschlossen. So daß wir das Wasser aus unserem Brunnen im Grunde genommen auch gar nicht mehr bräuchten. Und die Arbeit der Brunnenentgifter, so gesehen, ein unnötiger Luxus war. Jetzt war er unten, der, dem wir, obwohl wir ihn nicht mehr sahen, immer noch nachgeschaut hatten. Jedenfalls dachten wir das. Jedenfalls hing das Sicherungsseil, das bisher straff durch die Hände des anderen gelaufen war, jetzt schlaff in die Finsternis hinunter, bevor es, wie zu einem wahrscheinlich verabredeten oder auch einfach in diesem Berufsstand schon selbstverständlichen Zeichen, mit einem zweimaligen heftigen Rucken gegen die Wand schlug. Worauf der Sicherungsmann, der bisher etwas zurück auf der Kopfsteinpflasterung des Platzes gestanden hatte, über die Stufen herauf näher an den Brunnen herantrat und sich über die Brüstung beugte. Was ist denn? rief er hinunter. Hast du schon Boden? Das gehörte offenbar zu ihrem Jargon, war eine Ausdrucksweise ihrer Berufssprache. Boden, kam es ein paarmal zurück, aber das war wohl das Echo. Denn gleichzeitig klang es herauf: Nein, keinen Boden, laß mir die

Strickleiter herunter. Auch diese Fachleute hatten sich also in der Tiefe des Brunnens verschätzt. Obwohl sie die Steinprobe gemacht hatten. Wie hätte es uns also anders ergehen sollen. Eine Strickleiter brauchte er also. Und der andere, der Übertagmann, der also neben uns auf der Erde stand, ließ ihm auftragsgemäß an einem zweiten, dünneren Seil, das er über die Winde warf, ohne dabei mit der Sicherheitsleine, die ja um seinen Bauch und über die Schulter geschlungen war, ins Gehege zu kommen, eine Strickleiter, die wir unter dem Haufen von anderen Stricken noch gar nicht beachtet hatten, zügig ins Loch hinab. Und zog dann die Leine, deren Ende er aber dann gleich über der Seilwinde baumeln ließ, nachdem sie entladen war, wieder herauf. Wir stellten uns vor, wie der Untertagarbeiter blindlings, mit einem Knoten, den er im Traum beherrschte, die Strickleiter mit den untersten Sprossen der untersten Leiter verknüpfte. Und dann weiter hinabstieg. Gut, er hatte ja seine Stirnlampe, aber überaus hell gab die wohl nicht. Jedenfalls lief jetzt auch wieder mit regelmäßigen Zügen das Leitseil durch die Hände unseres Mannes. Bis seine Reserve, die immer noch aufgeringelt hinter ihm auf dem Boden lag, beinahe vollkommen aufgebraucht war. Zwei, drei Windungen noch, und das Seil wäre zu Ende gewesen. Aber da stand es nun wirklich endgültig still. Das zweimalige Rucken, das wieder erfolgte, war seine letzte nennenswerte Bewegung. Von nun an hing es schlaff über die Schachtmauer hinab. Und auf die von oben hinuntergerufene Frage: Boden? kam diesmal auch prompt die Bestätigung: Boden! herauf. Die Verständigung klappte. Die Akustik des Brunnens war gut. Wir hörten die Stimme, die aus der Ferne der Tiefe kam, wie durch den Schalltrichter des Brunnengehörgangs, an dessen Ende wir lauschten, verstärkt, von ganz nahe. Was siehst du? rief unser Mann wieder hinein. Nichts! kam es zurück. Zapfenduster. Schwarz wie im Kuhbauch. Schick mir die Sonne herunter. Und der Übertagmann schickte also dem Untertagmann an dem Transportseil, das über die Winde lief, die Sonne, das heißt eine große Grubenlaterne hinunter. Die wir auch tatsächlich, kaum daß sie unten war, als winziges Licht in der Tiefe der Nacht unter uns aufgehen sahen. Wie er ihm überhaupt jetzt, eins nach dem andern, auftragsgemäß, in der Reihenfolge, in der der andere danach verlangte, die für seine Arbeit in der Tiefe notwendigen Instrumente hinunterschickte. Pickel, rief es herauf, und er schickte den Pickel hinunter. Schaufel, kam es von unten, und die Schaufel schwebte hinab. Zange, tönte es, und die Zange fuhr in den Schacht. Und so weiter. Haken und Kluppen, Rechen und Besen, Kübel und Bürsten, bis, außer den Seilen, mehr oder weniger alles unten war. Alles übrige, was nun da unten damit geschah, konnten wir uns nur vorstellen, zu sehen war es natürlich nicht. Wir stellten Mutmaßungen darüber an. Wir warteten ungeduldig auf ein sichtbares Ergebnis. Aber wir hörten nur ab und zu aus der Tiefe des Brunnens den Ausruf des Schürfers: Was für ein Schutt! Oder: Was für ein Dreck! Das war alles. Während der Materialmann begonnen hatte, auf einem

Bunsenbrenner, der auf dem Wagen gewesen war, eine einfache Mittagsmahlzeit vorzubereiten. Als es vom nahen Kirchturm herunter zwölf Uhr schlug, trat er an den Brunnen heran und rief: essen! Und legte sich wieder die Sicherheitsleine, an der er zweimal geruckt hatte, um Bauch und Schulter, und holte sie, sowie sie nachgab, mit der einen Hand ein, um sie mit der anderen gleichzeitig neben sich aufzuschießen. Bis sein Kumpel, der vor Schmutz gar nicht mehr zu erkennen war, unter unseren Augen im Sonnenlicht, das jetzt steil in den Schacht einfiel, auftauchte und dann auf dem Brunnenrand, bevor er heruntersprang und sich den Dreck von den Kleidern und von den Schuhen stampfte, indem er die Hände schützend über die Augen hielt, für einen Augenblick ausruhte. Wie siehst du denn aus? begrüßte ihn sein Kollege. Während er sich seines Seiles entledigte, Handschuhe und Helm, samt Stirnleuchte, die nicht mehr brannte, auszog und sich auf einen der Klappstühle, die der Koch vorher schon aufgestellt hatte, zum Essen setzte, sagte er, es ist immer noch schlimmer, als man denkt. Sonst sprachen sie nichts. Jedenfalls nicht, solange wir uns, um vielleicht doch etwas Genaueres aus ihnen herauszuhören, in ihrer Nähe aufhielten. Wir gingen dann über Mittag ja auch nach Hause. Und als wir von allen Seiten wieder aus unseren Häusern kamen, waren die beiden längst wieder auf ihren Posten. Der Schürfer, der noch eine Zeitlang in der Tiefe weiterarbeitete, ohne daß seine Arbeit zu einem für uns sichtbaren Ergebnis führte, wahrscheinlich weitersichtete, weiterschlichtete und weiterschichtete – wir hörten davon nur dumpfe Geräusche, etwas wie Kratzen und Schlagen und Stemmen und Brechen –, war wieder in seinem Schacht. Der Materialmann war bei den Seilen, die er schon vorsorglich auseinandergelegt hatte und aus denen er jetzt das entsprechende heraussuchte, um daraus unter Verwendung der dazu notwendigen Räderkombination einen Seilzug zu konstruieren, den er am unteren Führungsrad mit verschiedenen Transportvorrichtungen, Haken und Schlingen, versah und am oberen an der Brunnenwinde befestigte. Nach einiger Zeit kam das Zeichen zum Einsatz, das Rucken am Leitseil, verbunden mit dem mehrfach von den Wänden zurückgegebenen Ruf: es geht los! aus dem Schacht, und der Mann, nachdem auch seine in die Gegenrichtung hinabgeschickte Bestätigung: es geht los! in der Tiefe verklungen war, schickte den Zug, indem er das Seil mit großer auswerfender Gebärde beider Hände über die Räder laufen ließ, sofort hinterher. Eine Weile noch schwankte das Ganze, wohl während des uns natürlich nicht sichtbaren Anhängevorgangs, unschlüssig in der Luft vor unseren Nasen und im Halbdunkel und Dunkel des Schachts, in den die Sonne jetzt von einer Seite zur anderen scharf unsere Schatten warf, aber dann strafften sich alle Seile, und nun kamen, eines zuerst, und dann eins nach dem andern, im Rhythmus des Auf und Ab von Seilen und Haken, die ungeheuersten Dinge ans Licht. Undefinierbare, vorsintflutlich aussehende Gegenstände, die wir noch nie gesehen hatten, gewaltige, vom Pilz befallene, von Kieseltierchen um und um überwachsene, von Kalk überwucherte, versteinerte Ungetüme, schmutzstarrende, schlammverkrustete, rostüberzogene, stinkende Brocken, der Abfall der Zeiten, der ganze Schutt der Geschichte, alles, was unsere Vorfahren, Generationen um Generationen, wenn sie es nicht mehr brauchen konnten, um es aus der Welt zu schaffen, in den Brunnen geworfen hatten. Zum Schluß kübelweise Schlacke und Dreck. Dreck, Dreck, Dreck. Es wollte gar nicht mehr aufhören. Unglaublich, was da alles heraufkam. Wir konnten es gar nicht fassen. Was für ein Dreck! hörten wir von den Arbeitern, von dem unter Tag und von dem über Tag. Was für ein Dreck, mußten wir selber sagen. Aber in anderen Städten soll es ja noch viel schlimmer gewesen sein. Sie spornten sich wahrscheinlich mit ihren Dreck-Rufen zum Weitermachen an. Gerade leicht war ihre Arbeit ja nicht. Von uns hätte sie jedenfalls keiner getan. Und förderten also im Laufe des Tages alles wieder herauf, was wir im Lauf der Jahrhunderte versenkt hatten. Am Abend waren sie fertig. Und nachdem sie auch die Geräte, die unten gebraucht worden waren, wieder heraufgebracht hatten und auch sogleich, wie sich selber, gereinigt, im Wasser, das nun wieder floß und mit Brunnenwinde und Eimer geschöpft werden konnte, und als sie auch die Leitern und Seile, zusammen mit allem andern, auf ihrem Wagen wieder verstaut hatten, gingen sie. Zogen sie ab. Verschwanden sie wieder, wie sie gekommen waren, aus unserer Stadt. Und ließen uns mit unserem Dreck, der jetzt auf dem Platz liegt und einen üblen Geruch verbreitet, allein.

Tod Weidigs

Da steht also, Herr Präsident, dieser Herr Preuninger vor meinem Tisch und erstattet Bericht, weil er glaubt, daß da etwas nicht rechtens. Also nicht ganz mit rechten Dingen, sagt er. Zugegangen sei. Er weiß jetzt nicht mehr genau, wann oder wo es gewesen ist. Zu lange ist es schon her, zu viel Gras ist seither wieder gewachsen, und die Ereignisse beginnen sich ja auf der ganzen Welt so erschreckend zu gleichen. Aber mir ist natürlich klar, er meint den Fall Weidig. Aufgrund dieser neuesten Vorkommnisse fühlt er sich wieder daran erinnert. Die Parallelen, sagt er. Mir sind natürlich diese uns allen unangenehmen Gerüchte, auf die er Bezug nimmt, bekannt. Jedenfalls hat ihn das, was davon an die Öffentlichkeit gedrungen ist. Und das ist, wie wir wissen, mehr als gut ist, mehr als uns lieb sein kann. Zu mir getrieben. Den Fall Weidig will er also aufrollen vor mir. Und da ich gerade Zeit habe, und da ich denke, es ist vielleicht besser, er sagt es mir, als er sagt es dann jemand anderem, höre ich ihn also an. Nehmen Sie Platz, sage ich. Und Herr Preuninger, etwas verwirrt, übrigens längst pensioniert und vorzeitig aus dem Wachdienst entlassen, aus Gründen, die man sich denken kann, inzwischen auch sehr in die Jahre gekommen, nimmt mir gegenüber, in der Ecke, vor meinem Schreibtisch Platz. An dem ich mich, der Form halber und aus Verlegenheit, etwas zu schaffen mache. Ich weiß ja, was kommt. Ich habe die Akte im Kopf. Es ist, weiß Gott, nicht das erstemal, daß mir so ein Herr Preuninger an diesem Tisch gegenübersitzt. Auf dem ich ein paar Papierstöße von oben bis unten umkrempel. Von dem ich ein paar Ordner aufhebe, um sie zu meiner Seite, wo sie eigentlich hingehören, in das Regal zu schieben. Sie kennen ja mein Büro, in dem alles von Akten überquillt. Von diesen über die Jahrhunderte weiter verschleppten, immer offenen, nie zu beschließenden Akten. Es ist ein Wahnsinn. Man müßte den Mut haben, tabula rasa zu machen. Alles weg. Alles verbrennen. Das nur nebenbei. In eines dieser zimmerhohen Regale, die sich auf allen Seiten über mir türmen. Die sich gefährlich biegen. Die einen gefährlichen Hang zur Mitte haben. Wo ich aber sitze. Unter der Lampe. Ich fordere ihn auf zu reden, aber er redet ja ohnehin. Um zu reden, ist er ja da. Er hat schon zu lange geschwiegen, es muß jetzt etwas vom Herzen. Ein Stein, sagt er, muß jetzt vom Herzen. Und er fragt mich, erinnern Sie sich an Weidig? Schwach, sage ich. Friedrich Ludwig Weidig, sagt er. Geboren dann und dann, gestorben dort und dort. Das will ihm jetzt nicht mehr einfallen. Vielleicht später. Rektor, Pfarrer, Doktor der Theologie. Entfernt, sage ich. Kann sein. In irgendeiner verlegten Erinnerung kommt er noch vor. Und ich mache, um das zu illustrieren, eine kreisende Handbewegung in

Richtung der Akten. Bevor ich die Hand wieder sinken lasse, zur andern, die auf dem Tisch liegt. Also er, sagt er, hat das Gefühl, daß er es irgendwem schuldig ist, daß er jetzt auspackt. Auspackt, sagt er. Schuldig, sagt er. Wem, sagt er nicht. Vielleicht ist es auch nur eine Redensart. Aber irgendwen interessiert das, davon ist er fest überzeugt. Davon versucht er auch mich jetzt zu überzeugen. Aber leider bin ich davon ja längst überzeugt. Er ist doch, sagt er, damals unter mysteriösen Umständen. Unter mysteriösen Umständen, sagt er, Herr Präsident. Jedenfalls ist die Art und Weise nie ganz abgeklärt worden. In seiner Zelle, in der er wegen des Verdachts auf Aufruhr gegen den Staat. Der übrigens niemals, wie wir ja wissen, Herr Präsident. Leider, füge ich hinzu, leider. Restlos bestätigt worden ist. So daß keinerlei Zweifel mehr. Schon an die zwei Jahre eingesessen ist. In Untersuchungshaft umgekommen. Dieses Wort verwendet Herr Preuninger. Es ist hart, aber er glaubt, es ist wahr. Weil er von der Kanzel herunter dem Volk die Demokratie gepredigt hat. Weil er mit andern zusammen auf Flugblättern seine Meinung über die Herrschafts- und Besitzverhältnisse in Umlauf gebracht hat. Weil er geheimes Mitglied einer Gesellschaft für Menschenrechte gewesen ist. Weil er die Jugend zur kritischen Haltung verführt hat. Lächerlich, sagt Preuninger. Aber das ist ihm ja alles dann, sagt er, jahrelang vorgehalten worden, von Verhör zu Verhör. Aber Verhör ist ja ein Kosename dafür, sagt Preuninger. Vorgehalten, vorgelesen, vorgerechnet. Und weil er, auch durch die schärfsten Drohungen, selbst durch seine Verbannung in die Provinz, niemals zum Schweigen zu bringen gewesen ist. Weil er alles immer geleugnet hat. Alles immer bis auf das letzte Komma bestritten. Hat man ihm einen Zeugen gegenübergestellt, hat er geleugnet, daß er ihn kennt. Hat man ihm eigene Aussagen vorgehalten, hat er bestritten, daß sie auch nur im geringsten mit ihm etwas zu tun haben. Hat man ihm Protokolle zur Unterschrift unterbreitet, hat er gelacht und ihnen die Anerkennung verweigert. Seinen Richter hat er für befangen erklärt. Er hat das ja alles, sagt Preuninger, als sein Wärter aus nächster Nähe erlebt. Während er den Stuhl hinter sich wegstößt und aufsteht und über mir steht, vor meinem Tisch. Obwohl ein uralter Mann, und gebrochen, er selbst kann sein Alter nicht angeben, macht er von meinem Angebot, sich wieder zu setzen, keinen Gebrauch. Behalten Sie Platz, sage ich. Aber er bleibt vor mir stehen. Er hat ja bei all den Verhandlungen auch stehen müssen. Neben ihm stehen, hinter ihm stehen, wie es der Richter von ihm verlangt hat. Der Richter, sagt er immer, mit starker Betonung, als ob er der Hinrichter sagen wollte. Aber er meint natürlich den Untersuchungsrichter. Georgi mit Namen, Sie werden ihn kennen. Sein Name wird schon an Ihre Ohren gedrungen sein. Seine Untersuchungsmethoden sind ja auch in den eigenen Reihen nicht immer ganz unwidersprochen geblieben. Ihn in die Rippen stoßen. Ihn in die Beine treten. Ihn in den Nacken schlagen. Immer auf Befehl dieses Richters, sagt Preuninger. Handschellen an- und ablegen. Fußschellen an- und ablegen. Wandspangen an- und ablegen. An die Ketten schließen. In den Sprenger schließen. Kurzschließen. Damit meint er Hände und Füße. Die Hände an die Füße schließen. Einfach oder übers Kreuz. Die linke Hand an den rechten Fuß, die rechte Hand an den linken Fuß. Stundenlang, tagelang, wochenlang. Alles nicht sehr lustige Dinge, sagt Preuninger. Aus der Nähe gesehen. Er ist ja in gewisser Weise sein Schützling gewesen. In gewisser Weise, sagt er, fühlt er sich für ihn ja verantwortlich. Jawohl, ich habe ihm auch den Farrenschwanz übergezogen. Und den Ochsenziemer. Obwohl es verboten gewesen ist. Jawohl, die Körperstrafe hat stattgefunden. Zehn Schläge, zwanzig Schläge, dreißig Schläge, ad libitum. Über den Rücken, auf das Gesäß, unter die Füße. Der Richter hat dafür extra die Erlaubnis der höchsten Instanz einholen müssen. Und sie natürlich gar nicht bekommen. Es ist empörend, sagt Preuninger. Ich ziehe ihn aus und lege ihn über den Bock und halte ihn fest. Und mein Kollege Wolf führt den Ochsenziemer. Mein Kollege Wolf zieht ihn aus, legt ihn über den Bock, hält ihn fest. Ich führe den Farrenschwanz. So hin und her. So über Jahr und Tag. Abwechslungsweise. Wir rufen uns zu. Wir muntern uns auf. Wir feuern uns an. Ein tristes Geschäft. Man kann es sich denken. Nur unser Opfer lacht. Lächelt uns ins Gesicht. Wir kennen ja dieses höhnische, staatszersetzende Lachen. Nicht wahr, Herr Präsident. Aber uns ist nicht zum Lachen, sagt Preuninger, wir tun ja an ihm unsere Pflicht. Diese verdammte Pflicht. Plötzlich sind sie zu zweit. Plötzlich sehe ich neben Preuninger auch diesen Wolf. Ein schmächtiger, ausgehungerter, schüchterner Mensch. Preuninger spricht, Wolf nickt. Bestätigt mit seinem Nicken alles, was Preuninger sagt. Aber Wolf ist natürlich gar nicht da. Wolf sehe ich nur, weil Preuninger ihn erwähnt. Und Preuninger gibt also zu Protokoll, wie er an diesem unseligen Morgen in Weidigs Zelle gekommen ist. Unselig, sagt er. Es muß Februar gewesen sein. Oder Oktober. Jedenfalls kalt. Jedenfalls Winter. Jedenfalls kommt er in der Früh um halb acht von seiner Wohnung am Stadtrand, wo seine Frau noch schläft, vor das Arresthaus, das in der Mitte der Stadt liegt, neben dem Rathaus, in unmittelbarer Nähe der Kirche und des Militärlazaretts, und geht, wegen der klirrenden Kälte, auch sogleich, eher zu früh als zu spät, hinein. Und geht in die Wachstube, wo er für sich und den Häftling, der ihm anvertraut ist, das einfache Frühstück macht, bestehend aus Brot und Kaffee, das hier für alle das übliche ist. Er ist noch allein im Haus. Es ist still. Die Nachtschicht, nachdem sie an ihn übergeben hat, ist jetzt gegangen. Die Häftlinge scheinen zu schlafen. Kein Laut dringt durch die dicken Wände und Decken zu ihm. Er gibt sich das Brot in die Kachel, gießt sich die Brühe darüber, löffelt und schlürft seinen Kaffee. Bevor er zu Weidig hinuntergeht, die paar Stufen ins Untergeschoß, wo dieser untergebracht ist, halb unter dem Boden, in seiner eisigen Zelle, mit einem Fenster hoch oben unter der Decke, zum Hof. Da will er das andere Frühstück jetzt hinbringen, die andere Kachel, das andere Brot. Vermittels der schweren

Schlüssel an seinem Bund bahnt er sich seinen Weg durch die Gänge zu ihm. Er schaut durch den Schieber, einmal, zweimal, um sicher zu sein. Weidig schläft noch. Liegt auf dem Rücken auf seiner Pritsche und schläft. So jedenfalls sieht es aus, sagt Preuninger. So jedenfalls macht es von der Tür aus den Anschein. Es muß ein schwerer Schlaf sein, in dem der da liegt. Er sieht, wie sich die Brust stoßweise hebt und senkt. Er schließt auf. Er öffnet die Türe. Er geht ein paar Schritte hinein, auf den Schlafenden zu. Weidig, ruft er, sagt Preuninger, Ihr Frühstück. Und er will noch etwas Gescheites über die Morgenstunde hinzufügen. Aber da hält er in der Bewegung inne und den Morgenspruch setzt er aus. Denn der da drinnen ist ja schon wach. Dem stehen die Augen weit offen. Der schläft mit offenen Augen. Und daß er sieht, wie ihm bei jedem Atemzug oder Atemstoß. Atemstoß, sagt Preuninger. Blut aus den Mundecken fließt. Und durch die Barthaare, die den Hals ganz verdecken, herabsickert. Und dann heruntertropft, durch die Latten der Schlafpritsche hindurch, auf den Steinboden. Tatsächlich, sagt Preuninger, ist ja, das sieht er erst jetzt, um diesen ganzen Weidig herum auf dem Steinboden Blut. Blutstropfen tropfen in Blutlachen hinein, die schon halb gestockt sind, halb schwarz, halb vertrocknet. Weidig, sagt Preuninger, ruft er, Weidig, noch einmal, lauter. Aber Weidig gibt keine Antwort. Weidig liegt da, auf dem Rücken, mit gefalteten Händen, in Nachthemd und Schlafwams, und stößt röchelnd die Luft in blutigen Blasen aus sich heraus. Was ist denn, sagt Preuninger, ruft er. Herr Weidig! Und läßt alles stehen und liegen und rennt aus der Zelle und vergißt die Zellentür zuzumachen und abzuschließen und rennt die paar Stufen wieder hinauf und durch den Gang in die Wachstube, wo noch der Rest des Kaffees dampft, und hofft, seinen Kollegen dort anzutreffen, aber Wolf kommt heute erst später, und rennt weiter, in die Amtsstube des Richters, aber Georgi ist noch nicht da, und ruft durch das Haus und rennt auf die Straße und will dem Richter entgegen, aber in der Aufregung fällt ihm nicht ein, aus welcher Richtung der Richter kommt, und rennt zurück in die Amtsstube des Richters und wirft sich auf einen Stuhl und steht wieder auf und wirft sich erneut auf den Stuhl, und Punkt acht tritt Georgi herein. Herr Richter, schreit er, sagt Preuninger, Herr Weidig! Und wirft ihm entgegen, was er gesehen hat. Er hat alles so deutlich vor sich, sagt Preuninger, als stünde er jetzt vor Georgi, als wäre das alles jetzt, als geschähe das alles noch immer. Er bringt diese Bilder nicht aus dem Kopf. Er ist diese Bilder seit diesem unseligen Tag nicht mehr losgeworden. Und gibt also dem Richter jetzt ein Bild von der Lage in seinem Gefängnis. Er rapportiert. Er hat das ja einmal gelernt. Und der Richter nimmt seine Aussage auch zu den Akten, während er seinen Mantel auszieht, von dem er etwas Schnee abschüttelt, und über den Ofen hängt, den die Nachtschicht für ihn am Glühen gehalten hat, und mit den schneenassen Schuhen in seine Überzieher hineinschlüpft. Sagt, daß er glaubt, daß Pfarrer Weidig. Sich den Hals durchgeschnitten hat. Jawohl, sagt

Preuninger, das habe ich damals wirklich geglaubt. Es hat auf ihn diesen Eindruck gemacht. Er weiß jetzt nicht mehr, hat er, als er das vor dem Georgi herausgewürgt hat, laut geschrien oder hat er nur still vor sich hin geweint. Er muß aber, denkt er, geschrien haben, denn der Richter, den seine Meldung nicht sehr beeindruckt, mahnt ihn zur Ruhe. Bringen Sie mich zu der Leiche, sagt er. Aber es ist ja, sagt Preuninger, noch gar keine Leiche, und er hat das auch gegenüber dem Richter gar nicht behauptet. Und geht dann mit ihm, und in Begleitung der Beamten Weber und Scharmann, die auch grade eintreffen, in die fragliche Zelle hinunter. Das gleiche schreckliche Bild, das er im Kopf hat. Die gleichen schrecklichen Zeichen. Nichts hat sich verändert. Weidig in seinem Bett. Schlecht zugedeckt. Die Gebeine zu sehen. Gebeine, sagt Preuninger. Denn Weidig ist ja im Lauf der zwei Jahre, in der Zeit seiner Haft, bis auf die Knochen gemagert. Aber er meint natürlich die Beine. Die Hände gefaltet und auf der Decke aufliegend. Große, schmale, schön gestaltete Hände. Das fällt ihm noch auf, inmitten des Schreckens. Die offenen Augen, die tief in den Höhlen liegen. Das stoßweise, keuchende Atmen. Das Blut, das aus ihm herausrinnt. Alles wie vorher. Alles wie vor einer halben Stunde, denn eine halbe Stunde ist seither vergangen. Nur daß da jetzt noch viel mehr Blut. Und daß dieses Blut jetzt noch an viel mehr Stellen. Und schwärzer. Und daß das jetzt alles besser zu sehen ist, weil das Morgenlicht durch das hoch oben in die Wand gelassene Fenster hereindringt. Ein Blutbad, sagt

Preuninger, er hat vordem gar nicht gewußt, was das ist. Aber den Richter beeindruckt das nicht. Er geht zweimal um Weidig herum und läßt ihn durch Scharmann auch anstoßen, aber als er nicht antwortet, geht er mit dem ganzen Gefolge aus der Zelle gleich wieder hinaus und läßt sie durch Preuninger wieder verschließen. Einen Arzt, sagt er. Holen Sie Graff oder Stegmayer. Schon auf der Treppe, schon auf dem Weg zu seiner Stube. Und übergibt im übrigen das weitere Vorgehen in dieser Sache an Weber. Er rennt also nun nach dem Arzt. Nach diesem Graff. Ausgerechnet zu diesem Graff wird er geschickt, der doch am andern Ende der Stadt wohnt. Am anderen Ende der Welt. Und den Kollegen Wolf, der nun auch da ist, dem er noch vor dem Arresthaus im Hof begegnet, schickt er, um doppelt zu nähen, was ihm in so einem Fall nötig erscheint, in die entgegengesetzte Richtung, nachdem er ihn kurz informiert hat, mit dem genau gleichen Auftrag zu Stegmayer. Dabei ist doch das Militärlazarett direkt neben dem Amtsgericht. Also gleich um die Ecke. Und voll von Ärzten, die schnell bei der Hand wären. Das weiß er. Und Wolf hat ihm diesen Vorhalt ja auch gemacht. Aber Befehl ist Befehl, sagt Preuninger, denkt er. Und daß Georgi schon wissen wird, was er tut. Warum er ausgerechnet Graff oder Stegmayer will. Und rennt also durch die noch fast leere Stadt, in der frischer Schnee liegt. Es ist ja keine Minute mehr zu verlieren, wenn dieser Weidig nun nicht verrecken soll. Verrecken, das ist nicht mein Wort, Preuninger braucht es. Aber er weiß, was er sagt. Man darf diesen Weidig doch nicht einfach so verrecken lassen. Und wenn er, ruft er, hundertmal ein Revolutionär ist. Hundertmal ein Verbrecher gegen den Staat. Was aber nicht einmal feststeht. Der Prozeß gegen ihn ist noch gar nicht eröffnet. Das Verfahren stockt, seit es geführt wird. Das Verfahren kommt gar nicht vom Fleck. Es ist nicht das geringste bewiesen. Lauter Verdächtigungen, sagt Preuninger, kaum ein Indiz. Er ist ja bei den Verhören immer dabei. Ihm macht man nichts vor. Blöd ist er nicht. Er ist jetzt ganz außer Atem. Aber der Arzt, nach dem er geschickt wird, ist nicht zu Hause. Er rennt also weiter, dahin, wohin der Arzt gerade gegangen ist. Das wird ihm gesagt. Aber da ist er inzwischen ja auch schon nicht mehr. So noch ein paarmal. Wenn er hinkommt, ist der Arzt gerade gegangen. Und Wolf ergeht es nicht anders. Aber das weiß er ja nicht. Er denkt ja, sagt Preuninger, daß sein Kollege schon längst. Und die Ärzte vom Militärlazarett werden doch auch. Also die Erste Hilfe ist ja ganz sicher inzwischen geleistet. So daß er im Laufen so kreuz und quer durch die Stadt ein wenig nachläßt. Das macht ihm ja doch zu schaffen. Der Jüngste ist er nicht mehr. Und die Luft an diesem Morgen ist so kalt, daß sie in seine Lungen zu schneiden beginnt. So vergeht natürlich die Zeit. Und als sie beide, Wolf und er, mit ihren Ärzten, die nun gefunden sind, er weiß nicht mehr wie, endlich zurückkommen, ist es schon zehn. Und bis dann der Richter die Ärzte auch noch informiert und instruiert und bei einer Tasse Kaffee in ihre inzwischen ganz zweifelhaft gewordenen Obliegenheiten eingeführt hat. Warum er sie nämlich hat rufen lassen. Dabei haben er und Wolf doch, sagt Preuninger, das alles schon unterwegs getan. Verstreichen nochmals gut fünfzehn Minuten. So daß, als sie nun endlich alle unten in Weidigs Zelle sind, Graff, Stegmayer, Weber und Scharmann, Wolf, Preuninger, Georgi nicht, Georgi bleibt in der Stube, wenigstens zweieinhalb Stunden seit seiner Entdeckung vergangen sind. Es ist eine Ungeheuerlichkeit, sagt Preuninger. Es ist eine Bodenlosigkeit. Es ist eine menschliche und staatspolitische Perfidie ohnegleichen. Preuninger, der bleich im Gesicht ist, braucht jetzt die härtesten Worte, die ihm zu so etwas einfallen. Und der Verwundete, bei dem, wie er jetzt sieht, in der Zwischenzeit keiner gewesen ist, um den sich jedenfalls keiner gekümmert hat, dem keiner die nötige Hilfe geleistet hat, ist jetzt schon fast tot. Ausgelaufen, sagt Preuninger. Verblutet natürlich, Herr Präsident, so haben wir es in unseren Akten. Und deutet nur einmal noch schwach mit der Hand nach der Wand. Zu der eine Blutspur hinüberführt. Auf der etwas mit Blut Geschriebenes steht. Dieses Bekannte, das dann ja alles erklären soll. Bevor er die Hand sinken läßt. Und sich ein wenig zur linken Seite dreht. Und also stirbt. Und also tot ist, sagt Preuninger. Und weint. Und läßt sich vor meinen Augen gehen. Aber er ist nicht zum Weinen gekommen. Sein Weinen hilft niemandem mehr. Sein Zorn auch nicht. Er faßt sich. Er reißt sich zusammen. Reden will er. Gerechtigkeit will er. Aufgeklärt haben will er den Fall. Was er weiß, muß auf den Tisch. Er hat lange genug geschwiegen. Was soll man denn davon halten, fragt er, daß ein Mensch um halb acht Uhr morgens in seinem Blut liegend, sonst aber lebendig, aufgefunden wird, in einer Stadt, in der es von Ärzten wimmelt, noch dazu in nächster Nähe des Lazaretts, in welchem es jedenfalls vom Staat angestellte und zur sofortigen Hilfe verpflichtete Mediziner in Menge gibt, und erst nach zweieinhalb Stunden und also zu spät, um Hilfe zu leisten, wird Hilfe geleistet? Eine Frage, die nicht gestellt wird. Eine Frage, die gar nicht gestellt werden darf. Die Spuren, sagt er, werden jetzt aufgenommen. Nach der Wunde wird endlich gesucht. Das Instrument wird endlich gefunden, mit dem sie beigefügt worden sein muß. Es ist eine Glasscherbe, sagt Preuninger, vermutlich. Jedenfalls liegt eine Glasscherbe am Kopfende des Bettes neben der Leiche. Es ist ja jetzt eine Leiche. Groß, grün, sagt er, blutig. Wir haben das alles natürlich im Protokoll. Aber wie kommt die da hin? Die Wunde ist eine Halswunde. Schrecklich, sagt Preuninger. Die man jetzt sieht, weil man den Kinnbart entfernt. Quer durch die Kehle. Schrecklich aufklaffend. Schrecklich weiß, weil ja kein Blut mehr herausdrückt. Weil in diesem Weidig jetzt gar nichts mehr drin ist. Weil er jetzt leer ist. Schrecklich offen und tief und alt. Ein zahnloser zweiter Mund. Den man nun schließt, mit etwas Mull. Und der Körper ganz blau, ganz vernarbt, ganz zerschunden. Häßliche lange und breite Striemen. Über Brust und Rücken, Lenden, Gesäß und Beine. Er weiß ja, woher das kommt. Er selber, zusammen mit Wolf, hat sie ihm beigebracht. Das gibt er ja zu. Und dafür ist er ja dann. Wie wir wissen. Entlassen worden. Unfaßbar. Unerträglich. Zum Glück sind die Augen jetzt zu. Und das Lächeln ist einem anderen Lächeln gewichen. So daß man fast glauben könnte, sagt Preuninger. Wenn man ein religiöser Mensch wäre. Aber er sagt dann nicht, was. Und am Boden das Blut. All das Blut dieses Weidig. Es hat ihm ja keiner sein Blut gestillt. Dunkle Lachen. Schwarze Flecken. Gestockter Fluß. Und die Blutspuren hinüber zur Wand, die später als Weidigs eigene Spuren in die Papiere genommen werden. Sie kennen die Akte, Herr Präsident. Aber wer sagt das? fragt Preuninger. Wer will denn das eigentlich wissen? Die kann doch ebensogut ein ganz anderer. Nichts leichter als das. Das braucht man doch niemandem vorzumachen. Da muß doch nur einer die Schuhe ausziehen und die Socken ausziehen und barfuß in eine der Blutlachen beim Bett hineintreten und dann durch die Zelle gehen, hinüber zur fraglichen Wand, auf der diese Schrift, und wieder zurück. Und dann die Socken wieder anziehen und die Schuhe wieder anziehen und gehen. Als ob nichts gewesen wäre. Und irgendwo dann, irgendwann, wenn keiner ihn sieht, seine Füße in Unschuld waschen. All das ist ja nie untersucht oder gar abgeklärt worden, sagt Preuninger. Dieser Möglichkeit ist man nicht einmal nachgegangen. Die Selbstmordtheorie steht bei allen schon fest, bevor die Untersuchung beginnt. Das ist doch auffällig, sagt Preuninger. Jedenfalls ist aber an Weidigs Füßen, da hat er recht, tatsächlich auch gar kein Blut festgestellt worden. Auch keine Kruste. Auch keine Blutasche. Und in der ganzen Zelle kein in Frage kommendes Tuch, an dem es hätte abgewischt werden können. Leider, Herr Präsident. Aber inzwischen, nach den vergleichbaren Vorfällen in jüngster Zeit, ist ja bekannt, daß gewisse Menschen zu allem, und sei es zum scheinbar Unmöglichen, fähig sind, wenn es darum geht, diesen Staat und seine Moral durch einen bösartig auf ihn gelenkten Verdacht zu unterminieren. Das will ich Preuninger sagen. Aber warum hätte er dann, fragt er mich, wenn er den Staat, also den Rechtsstaat, hätte verhöhnen wollen und unmöglich machen und an den Rand bringen mit seinem Tod, warum hätte er dann gewollt, daß er als Freitod erscheint? Durch eigenes Zutun? Von eigener Hand, mit eigenem Blut an die Wand geschmiert? Spricht das nicht alles gerade dagegen? fragt Preuninger. Dagegen, daß er sich selbst? Und ich weiß darauf natürlich auch keine Antwort. Er hat ja recht, denke ich. Auf keinen Fall unrecht. Denn da steht ja tatsächlich noch diese Schrift an der Wand. Unübersehbar. Diese blutige Inschrift. Die dann Berühmtheit erlangt hat. Die scheinbar alles sagt, sagt Preuninger, die aber in Wirklichkeit nichts sagt. Oder schreiben Sie, fragt er mich, weil Ihnen eines Tages einfällt, daß Sie sterben werden, an eine Wand, daß Sie sterben? *Freier Tod*, was soll denn das heißen? Was soll denn mit diesen zwei Worten bewiesen sein? Warum sollte ich das, was jeder dann sehen kann, im voraus erklären? Wird es nicht ohnehin klar sein? Und spricht nicht gerade der Umstand, daß das Klare noch deklariert wird, dagegen, daß es so klar ist? Fragen, die auf der Hand liegen, die aber sonst keiner stellt. Hat da nicht jemand, sagt Preuninger, alles ein wenig zu klar gemacht? Zu deutlich? Zu augenscheinlich? Angenommen, sagt er, er will aus der Welt. Dieser Weidig will also freiwillig sterben. Aus Gründen, die übrigens einsichtig sind. Oder hätten Sie, fragt er, Lust, so zu leben, wie er gelebt hat? Ich jedenfalls nicht, sagt er. Warum sollte er glauben, daß die Welt es nicht glaubt? Warum sollte ausgerechnet er selbst der Welt den Beweis? Das ist doch keinesfalls zu verstehen. Dafür gibt es doch gar keinen Grund. Kein Motiv. Keinen Anlaß. Oder wie sehen Sie das? Und ich kann das nun in der Tat auch nicht mehr anders sehen. Preuninger schaut mich erwartungsvoll an. Ich muß ihm ja recht geben. An dem, was er sagt, ist, wenn man es einmal in Ruhe und aus der Distanz der Jahre betrachtet, durchaus etwas Wahres. Aber natürlich sage ich nichts. Und daß er, sagt Preuninger, bevor er dann stirbt, noch mit der Hand auf die Wand zeigt, kann nichts oder alles bedeuten. Oder etwa nicht? Oder ist das alles ganz falsch, was ich sage? Sagen Sie es mir. Sagen Sie etwas. Sagen Sie doch endlich auch einmal etwas dazu. Er ist jetzt erschöpft. Und kann dann auf meine Frage auch nicht mehr angeben, ob diese fragliche Schrift dort von Anfang an, also schon um halb acht, als er gekommen ist, oder erst später, also um zehn, als er mit dem Arzt wiedergekommen ist, an der Wand gestanden hat. Zu weit ist das alles jetzt doch von ihm entfernt. Zu lang ist das alles doch her. Aber natürlich hat er vollkommen recht: Es muß endlich aufgeklärt werden.

Fort

Fort. Endlich fort. Endlich die Tür also hinter mir zu. Endlich die Kinderzeit abgeschlossen. Das Elternhaus endlich verlassen. Die Koffer gepackt. Die Hände geschüttelt. Ab, in den Zug, in die Welt hinaus.

Und habe dann also beinahe seine Ankunft in der Großstadt verschlafen. Das fängt ja gut an, dachte ich, während ich ausstieg. Er sei der letzte gewesen. Außer ein paar Männern, die mit langen Hämmern die Bremsen der Wagen abklopften, habe sich auf dem Bahnsteig niemand mehr aufgehalten. Etwas Dampf stieg noch aus irgendwelchen Ventilen. Es roch nach feuchter Wäsche und Ruß. Ich fror. Ich stieg, indem ich die Koffer von Zeit zu Zeit abstellte, die Treppe hinunter. In der Halle standen, weit von mir weg, in den Ecken, Menschen in dunklen Gruppen. Als er hinaustritt, in die kalte Bewegung der Luft, beginnt es über den Straßen gerade zu tagen.

Und dann die Fahrt durch die erwachende Stadt. Wohin? brüllt mich der Fahrer an, kaum daß ich in seinem Wagen sitze. Er will wissen, wohin er mich bringen soll. Der steht mit den Hühnern auf, denke ich. Aber wahrscheinlich gibt es in dieser Stadt gar keine Hühner. Auf jeden Fall ist der andere hellwach, während ich selbst noch halb schlafe. Griegstraße, sage ich. Daß er da hin wolle. Und er sagt ihm auch noch die Nummer. Also ich gebe ihm die Adresse, die Ihr ja kennt, die ich Euch auch gegeben habe. Griegstraße, wiederholt er erstaunt. Vornehme Gegend, weiß Gott, da kann man nichts sagen. Und kommt aus dem Staunen nicht mehr heraus. Und läßt sich des langen und breiten über die Gegend aus, in die ich da offenbar komme. So, sage ich, nach einer gewissen Zeit. Ich weiß das ja nicht. Ich kann das ja nicht wissen von weitem. Ich bin ja zum erstenmal hier. Zum Studieren gekommen? fragt er. Ausstudiert, sage ich. Ich habe nicht die geringste Lust, mit ihm darüber zu reden. Er sehe ihn ja nicht wieder. Jedenfalls ist es nicht anzunehmen. Und sobald ich aussteige, hat er es ohnehin wieder vergessen. Doktor? insistiert er aber. Und ich sage, wenn Sie so wollen. Und will das Thema damit beschließen. Aber er will natürlich gar nichts. Er fängt jetzt erst an. Dann sagen Sie das doch gleich, junger Mann, ruft er aus. Dann weiß man, woran man ist. Er ist also ein junger Mann. Jedenfalls habe der Taxifahrer ihn so betitelt. Und zudem einer von denen mit etwas im Kopf. Oder im Oberhaus, wie er sich ausdrückt. Und einer, der etwas gearbeitet hat. In seinem Alter, und Doktor. Das sei nicht nichts, das müsse er sagen. Das sagt der Fahrer. Und er fügt hinzu: Das ist doch wohl heutzutage nicht üblich?

Oder ob er das falsch sehe. Oder ob es etwa nicht stimme, daß an der Universität bloß noch diskutiert werde. Und demonstriert und polemisiert und politisiert. Das sind seine Worte. Wir kennen dieses Gefasel ja auch von zu Hause. Es ist gefährlich, ich weiß, aber ich lasse ihn reden. Ich will mich nicht schon am ersten Tag mit der Welt anlegen. Denn für ihn ist das hier jetzt die Welt.

Meine Welt also. Die Stadt blieb gerade noch Stadt und war gleichzeitig schon Land. Eigentlich Wald. Zumindest Waldrand. Die Straßen waren auf einmal Alleen. Er habe das Wort aus der Schule gekannt. Jetzt sah ich, daß es eine Entsprechung in der Wirklichkeit hatte. Die Königsallee, sagte der Fahrer, nachdem wir schon eine Weile auf ihr gefahren waren. Nun war ich nahe am Ziel. Ich atmete auf. Ich lehnte mich in meinem Polster zurück. Er habe begonnen, sich in seiner Freiheit freier zu fühlen. Die Angst vor dem Neuen habe dem Neuen jetzt Platz gemacht. Erwartungsvoll schaute ich aus dem Fenster. Ich hatte ja immer davon geträumt, einmal in einem Schloß zu wohnen. Kronprinzenallüren, Muttersöhnchengehabe, ich weiß. Hier lagen die Häuser in Gärten, die fast so verwunschen waren wie die seiner Wünsche. Machen Sie hier einen Besuch? fragte der Fahrer. Hoffentlich nicht, sagte ich. Und ich dachte, ich werde hier leben. Und spürte so etwas wie Stolz dabei. Ausgerechnet diesen Ort auf der ganzen Welt hatte ich aus der Ferne für mich beschlossen, und nun gefiel er mir auch aus der

Nähe. Geld? fragte der Fahrer. Nein, sagte ich. Glück? lachte der Mann. Und ich sagte: vielleicht.

Und sei wenig später mit seinen Koffern vor einem Tor gestanden, das also der Eingang zu seinem Glück sein sollte. Mannshoch, eisern, beidseits von noch höheren Mauern gefaßt, mit einem Messingschild über der Schelle. Stand da, streckte die Glieder und sog die Luft so langsam und tief in mich ein, als wollte ich mir bedeuten: Das ist meine Luft, an dieser Luft hängt jetzt mein Leben.

Nachdem er geläutet gehabt habe, sei es zuerst still geblieben. Dann war ein Knacken zu hören, darauf ein Husten, darauf ein Kläffen. Wer da? fragte es aus dem Gegensprecher. Eine blecherne Stimme. Ich nannte den Namen. Euch muß ich ihn ja nicht nennen, von Euch habe ich ihn. Wieder war ein Knacken zu hören. Dann wieder gar nichts. Dann von weit hinter der Mauer das Geräusch einer sich öffnenden Haustür. Dann wieder das spitze Bellen eines zweifellos kleinen Hundes. (Ihr kennt meine Angst vor den großen, seit mich der unseren Nachbarn zerbissen hat.) Dann das läppische, täppische Tappen von Pfoten auf Steinplatten. Endlich das Schlurfen schlecht sitzender Hausschuhe. Daß mich meine Vorstellungskraft nicht getäuscht hatte, sollte sich gleich herausstellen.

Das Gartentor sei aufgegangen. Vor mir stand ein kleiner, weißhaariger Herr, von der zu früh unterbrochenen Nachtruhe gezeichnet, der sich an seinem Hauch die Hände warmrieb. Spring! sagte er. Zuerst dachte ich, er meint seinen Hund, aber er meinte sich selbst. Er sei im Bilde. Er habe den Brief bekommen.

Der Herr hieß also Herr Spring. Im Morgenrock sei er dagestanden. Etwas verlegen. Etwas klein neben mir. Und schaute mich von unten herauf mißtrauisch und neugierig an. Von noch weiter unten habe der Dackel, schwanzwedelnd, dasselbe getan. Rowdy heißt er, das weiß ich inzwischen. Die beiden seien sich in diesem Augenblick wie aus dem Gesicht geschnitten gewesen. Dasselbe Dulden, dasselbe Lauern, dieselbe Unterwürfigkeit. Es war zum Wegschauen. Das ist ja verbreitet, daß der Herr seinem Hund gleicht, wenn er ihn erst einmal lang genug hat. Hier jedenfalls sei es so gewesen. Und hier ist der Herr nicht einmal der richtige Herr.

Gut gereist? fragte Herr Spring. Und was man bei so einer Gelegenheit eben so frage. Ich war ihm ja vollkommen fremd. Geben Sie mir Ihre Koffer. Aber die gab ich ihm nicht. Die habe er natürlich selber getragen. Ich lasse doch einen alten Mann nicht meine Koffer tragen. Ich will Euch doch keine Schande machen. Wo bliebe denn da die Erziehung? Herr Spring sei ja ziemlich alt. Einer von denen, die es sich eben nicht leisten können, sich auszuruhen. Aus welchen Gründen auch immer. Die sind zu schwer für Sie, sagte ich. Während wir durch den Garten auf das Haus zugingen, sprang der Dackel an meinen Beinen hoch. Als wir in das Haus eintraten, hatte er sich wieder beruhigt. Er mag Sie, sagte Herr Spring. Keine Frage danach, ob ich ihn auch mochte. Die Hundeliebe wird ja auf dieser Welt stillschweigend vorausgesetzt. Ich solle jetzt erst einmal abstellen. Ich hätte ja sicher noch nicht gefrühstückt. Er mache mir schnell eine Tasse Kaffee. Die üblichen Höflichkeiten. Widerspruchslos nahm ich sie an.

Obwohl ich Kaffee gar nicht mag, folgte ich ihm in die Küche. Die von der Eingangshalle aus gesehen rechts hinter dem Wohnbereich liege. Das tut nichts zur Sache. Ich erwähne es nur, damit Ihr Euch von dem Ort, an dem ich jetzt bin, ein Bild machen könnt. Das sei sein Revier, sagte Herr Spring, er sei hier der Diener. Ihr werdet es mir nicht glauben, so etwas gibt es noch, auch in diesem Jahrhundert. Auch das Wort ist noch im Gebrauch. Jedenfalls bei den Dienern. Er habe seinen Ohren ja selber nicht trauen wollen.

Er sei also der Diener. Ich mußte mich setzen. Während er sich an den Geräten, die er mir gleichzeitig erklärte, zu schaffen machte. Hier können Sie sich etwas zu essen machen, sagte er. Wann immer ich wolle. Dann goß er mir den Kaffee ein. Jetzt seien wir zwei allein im Haus. Die Herrschaft (sein Wort!) sei verreist. Natürlich getrennt. Das versteht sich. Sie sind ja in Scheidung begriffen. Wenn auch seit Jahren. Das werde ich alles bald selber herausfinden. Er will nichts gesagt haben. Aber das sagt er erst, nachdem er mir alles gesagt hat. Auf jeden Fall ist das Haus nicht so intakt, wie es nach außen hin aussieht. Und wie ich es von zu Hause aus angenommen hatte. Der Herr trinkt. Wenn der Diener nicht übertreibt, muß es schlimm sein. Versaufe die Millionen. Oft bleibe er tagelang weg. Kein Mensch weiß, wo er ist. Dann liegt er plötzlich vor der Tür auf der Fußmatte. Und ich habe die Schweinerei. So der Diener. Schleppe ihn die Treppe hinauf in sein Bett. Und er weiß, am nächsten Tag, wenn er den Rausch ausgeschlafen hat, nichts mehr davon. Ich werde ja sehen. Er sei jedenfalls froh, daß ich gekommen sei. Obwohl ihm das auf der anderen Seite wieder mehr Arbeit mache. Und dann wollte er wissen, wie lange ich bleibe. Aber das konnte ich ihm natürlich nicht sagen. Das weiß ich ja selber nicht.

Jetzt war er plötzlich in Eile. Ich mußte das Frühstück, das, nach seinen eigenen Worten, nicht fürstlich war, bevor ich es richtig genießen konnte, beenden. Der Chef komme heute aus dem Urlaub zurück. Jeden Augenblick könne er hier sein. Und es sei überhaupt nichts bereit. Am besten, ich zeige Ihnen das Haus und bringe Sie dann auf Ihr Zimmer. Er sei natürlich gespannt gewesen. Der Diener schlurfte voraus, der Dackel und ich folgten ihm. Hier unten wohne ich, sagte er. Er zeigte eine schmale Treppe hinunter, die gleich neben der Küche in einen Kellerraum führt. Das sei seine Höhle. Er zeige sie mir ein andermal. (Bis heute ist es bei diesem Versprechen geblieben.) Gut eingerichtet, das schon, aber natürlich schon fast unter dem Boden. Das sagte er mit einiger Bitterkeit. Ich kann es ihm nicht verdenken. In so einem Haus so verlocht, so im hintersten Winkel wohnen zu müssen, bei seinem Alter, das sei kein Grund zum Gesang. Im übrigen solle ich mich nicht über die Stimme wundern. Tatsächlich war von da unten herauf gedämpft eine Stimme zu hören. Ich lebe allein hier. Das Radio ist noch an. Es ist eigentlich immer an. Ohne eine andere Stimme hält man es ja nicht aus.

Dann also das ganze Haus. (Von innen.) Zuerst wieder die Eingangshalle, die schon erwähnt ist. Herr Spring gibt mir die Schlüssel. Die Türkette, sagt er, darf ich nur vorlegen, wenn ich ganz sicher bin, daß alle im Haus sind. Es versteht sich von selbst. Sonst würde er nämlich heraufgeläutet aus seinem Verlies. Nachdem das geklärt ist, gehen wir diesmal nach links und kommen ins kleine Lesezimmer. Dahinter ins große Musikzimmer. Mit Flügel und Cheminée. Es habe nämlich jeder Raum seine eigene Funktion. Hier wird gesungen, erklärt mir Herr Spring. Von seiner Chefin. Und der berühmte Herr Hölderlin, nämlich ihr ungarischer Freund, den alle so nennen, weil man seinen wirklichen Namen mit unseren gewöhnlichen Zungen nicht aussprechen kann und weil er ihr offenbar auch Gedichte schreibt oder wenigstens vorliest, begleite sie am Klavier. Beide Zimmer liegen also vor der Küche auf der Gartenseite des Hauses. (Hinten ist nur eine Mauer.) Und bilden zusammen die langgezogene Fensterfront. Die ihm schon von der Straße her aufgefallen sei. Schwere Scherengitter, weiß gestrichen, sind innen vorgezogen. Und ich kann dem Diener gleich helfen, sie wegzuschieben. In die Wände hinein. Die habe er nur vor, wenn er allein sei, sagt er. Je reicher die Herrschaft, um so bedrohter der Diener. Und er schaut dabei auf die Uhr. Der Chef kann jeden Augenblick da sein. Und jetzt klemme das hier auch noch.

Wie der eiserne Vorhang dann weggeschoben war, mit vereinter Anstrengung, ging der Blick unverstellt in den Garten. Den er natürlich auf dem Weg vom Gartentor zum Haus schon gesehen, da aber noch gar nicht recht wahrgenommen habe. Eigentlich ist es ein Park, alter Baumbestand, Kiefern und Birken, dazwischen Sträucher, die auch schon ihr rechtschaffenes Alter haben. Alles jetzt beinahe schon kahl. Der weitläufige Rasen mit braunen, nassen Blättern bedeckt. Ich solle es nicht beachten, bittet Herr Spring. Das hätte er natürlich auch alles noch wegräumen sollen. Aber das Laub falle in diesen Tagen schneller, als der Mensch hinschauen könne. Kommen Sie, drängt er. Und zeige ihm dann das an die beiden Wohnzimmer mit einem Durchgang schräg anschließende sechseckige Eßzimmer. Das an der dem Eingang gegenüberliegenden Schmalseite des Hauses von hinten wieder zur Küche zurückführt. Die Wände seien eigentlich gar keine Wände, sondern Glasvitrinen. Die mit Tellern, Tassen und Gläsern vollgestellt sind. In der Mitte steht, ebenfalls sechseckig und mit sechs prachtvollen Stilstühlen umstellt, ein Nußbaumtisch. Natürlich weiß ich das nicht. In solchen Dingen kenne er sich nicht aus. Mein Stil ist das nicht. Aber der Diener bedeutet es ihm. Hier pflegte man früher zu speisen, sagt er. Beinahe höhnisch. Er sei dabei natürlich der Koch und der Kellner gewesen.

Ihr könnt es Euch denken: Ich war beeindruckt. Weder habe ich selber jemals in solchen Umständen gelebt, noch habe ich andere bisher so leben gesehen. In solchem Prunk, von so viel Kostbarkeiten umgeben. Überall Bilder, überall Kunst, überall alte Möbel. Und doch störte und stört mich hier etwas. Irgendwie fehle das Gefühl für die Dinge, das sie untereinander verbinden würde. Wie jedes für sich hingen und stünden sie da. Und zeigten den Reichtum ihrer Besitzer an, statt ihren eigenen Wert. Ist das verständlich gesagt? Ob seine Botschaft, mit anderen Worten, also auch ankomme.

Während er noch in seine Betrachtung versunken gewesen sei, sei Herr Spring schon zurück in der Halle gewesen. Auf diesen Böden, die bis in die äußersten Ecken, jedes Zimmer in einer anderen Farbe, mit Teppichen ausgelegt sind, hatte ich sein Schlurfen ja nicht gehört. So, rief er, hier geht es zu Ihnen hinauf. Also zu mir. Er zeigte auf die gewundene Holztreppe, die sich mit ihrem weißen Geländer vornehm aus dem Erdgeschoß in die Höhe des Hauses hinaufschraubt. Der Herr, sagte der Diener verschmitzt, indem er auf eine metallene Büste zeigte, die etwas fremd in der ersten Kehre, in der wir inzwischen angelangt waren, auf einem Sockel stand. Der stehe im ganzen Haus herum. Ganz ohne Zweifel ein schöner Mann, zumindest in dieser goldenen Version, von zeitloser Vornehmheit. Inzwischen auch in den Jahren, sagte der Diener. Und eine Ruine. Und daß er ihm manchmal leid tue, wenn er mitansehen müsse, wie er sich mit Gewalt zerstöre. Und daß er es eben nicht leicht gehabt habe mit seiner Frau. Die er aus allem herausgeholt habe. Damals. In jener Zeit, die ich nur vom Hörensagen kenne. (Sie war eine Jüdin, die Schwester eines Dirigenten, der jetzt bei uns in der Schweiz lebt.) Unvorstellbare Dinge, von denen unsereins keine Ahnung hat. Das sei ihm da wieder klargeworden. Nicht die geringste. Trotzdem reden wir immer mit. Trotzdem nickte ich also. Trotzdem tat ich so, als ob ich Bescheid wüßte. Auch eine Künstlerin? fragte ich. Warum auch? fragte Herr Spring. Wie ihr Herr Bruder, sagte ich. Nein, sagte er. Nie etwas geworden. Gesangsunterricht, aber nichts darüber hinaus. Was sie sei, sei sie durch ihren Mann. Darunter habe sie natürlich gelitten. Das sei ja verständlich. Jetzt will sie sich von ihm trennen. Er meine, sie habe sich natürlich schon lange von ihrem Mann getrennt, in Wirklichkeit. Sie habe ja diesen ungarischen Freund. Diesen seltsamen Hölderlin. Von dem keiner wisse, wer er sei noch woher er komme. Wie er ihr nämlich zugelaufen sei. Nun wolle sie es aber formell. Seelische Grausamkeit, sagte er, wird sie ihm vorwerfen. Und sie wird ja auch recht bekommen. Er trinkt ja. Und wie er trinke! Aber wie soll einer bei all dem denn nicht trinken? Und wann er zu trinken begonnen habe, danach frage keiner.

Inzwischen seien sie höher gestiegen. Mir war nicht sehr wohl. Ich hatte in einem solchen Haus, bei den sogenannten besseren Leuten, natürlich alles andere als das erwartet. Diese Ungereimtheiten. Sie staunen? fragte Herr Spring. Ich sagte nichts. Hier wohnt die Herrschaft, sagte er jetzt. Mit hier meinte er: im ersten Stockwerk. Von dem nun eine Beschreibung folgt. Langer Korridor, von dem die Gemächer abgehen. Gemächer, das sei hier das richtige Wort. Im vorderen Teil die des Herrn, im hinteren Teil die der Dame. Man sehe den Unterschied an den Türen. Die der Herrenzimmer sind eckig, die der Frauenzimmer gerundet. Im ganzen ziemlich französisch. Was immer das heißen mag. Violette Stofftapete, Kerzenlüster, kleine Nischen, Konsolen mit Kunst oder Kitsch, je nach Betrachtungsweise. Ihr könnt es Euch selber ausmalen. Am Ende ein Spiegel. Zu beiden Seiten, mit Seide bespannt, je ein zierlicher Stuhl. (Ich erinnere mich gar nicht, das Wort zierlich je vorher benutzt zu haben.) Der Gedanke an Wartenmüssen wird wach. Wer und worauf man hier draußen warte, das wisse der Teufel. Aber sei's drum. Das brauchen Sie alles ja nicht zu kennen, sagte der Diener, zu Ihnen ist es noch etwas weiter.

Mühsam, die eine Hand am Geländer, stieg er jetzt ganz hinauf, in den zweiten Stock, unter das Dach. Wo er mir alles der Reihe nach zeigte. Das Bad, das Schlafzimmer, den Putzraum, die Bibliothek. Hier ist alles einfacher eingerichtet als unten. Da gibt es keine geschwungenen Türen. Da sind die Tapeten schlichter in Farbe und Muster. Teilweise heruntergerissen. Die Wände sind nicht mit Bildern verhängt. Wenn auch ein paar hellere Flecken noch andeuteten, daß es auch hier einmal anders gewesen sein müsse. Da und dort, gut vor der Leere plaziert, ein altes Stück Möbel, das an diese früheren Zeiten gemahnt. Gemahnt: auch so ein Wort aus dieser früheren Zeit. Sonst eigentlich nichts. Oder doch nur das Nötigste. Das zu erwähnen sich ja erübrigt. Weil es überall auf der Welt vorkommt. Da sei ich nun also zu Hause, sagte Herr Spring.

Und nun eine Szene, die man nur glaubt, wenn man sie selber erlebt hat. Es fing alles ganz harmlos an.

Man habe vor dem Haus einen Wagen halten gehört. Ganz einfach, nichts weiter. Aber dieses ganz einfache Geräusch habe Herrn Spring in die Sätze gebracht. Die Hände verwarf er, Schweiß trat auf seine Stirn, in dünnen Strähnen flog ihm das weiße Haar um die Ohren. Die übrigens ziemlich fleischig sind. Ratlos, außer sich, sei er auf dem Gang hin und her gelaufen. Mein Gott, rief er, so holen Sie doch jetzt Ihre Koffer. Die stünden ja immer noch unten. Rennen Sie doch. Machen Sie doch. Machen Sie, daß Sie fortkommen. Der Chef sei schon da, und er vertrödle hier oben die Zeit mit mir. Und da ich nicht die Absicht hatte, mich mit ihm über seinen Herrn und Gott auseinanderzusetzen, rannte ich eben die Treppe hinunter, packte meine Koffer, die noch bei der Türe standen, und schleppte sie, halb neben, halb hinter mir her, unter das Dach hinauf. Aber da oben traf ich Herrn Spring anders an, als ich ihn eben verlassen hatte. Keuchend, eine Hand an der Brust, die andere am Hals, sei er, gegen die Wand gelehnt, am Boden gesessen und habe ihm mit weit geöffneten Augen entgegengestarrt. Ich übertreibe natürlich ein wenig. Aber so ähnlich sei es gewesen. Zwei Empfänge an einem Morgen waren für den alten Mann einfach zuviel.

Unten läutete es. Der Dackel, der seinem am Boden sitzenden Meister bisher die Treue gehalten hatte, begann kläffend zwischen diesem und seinem ankommenden Herrn die Treppe hinab und hinauf zu fegen.

Gehen Sie ihm entgegen, stöhnte der Diener. Bitte. Er könne nicht. Er wollte, daß ich seinem Herrn unten aufmache. Und daß ich ein gutes Wort für ihn bei ihm einlege. Da ihm der Mann einerseits leid getan, er es andrerseits als neuer Hausbewohner auch schon fast für seine Pflicht gehalten habe, sei er also wieder hinuntergerannt und habe die Haustüre aufgemacht.

Vor mir stand mein Gastgeber, Herr Tetzel. Und Herr Spring? fragte er, eisig. Kollabiert, sagte ich. Zuviel Aufregung. Er hat meine Ankunft wohl nicht verkraftet. So, sagte Herr Tetzel. Dann solle ich jetzt einmal zur Seite treten und ihn hereinlassen. Können Sie einen Kaffee kochen? Er pflege ihn im Lesezimmer zu nehmen. Er erwarte mich also dort. Was hätte ich tun sollen, in dieser seltsamen Lage, als in die Küche zu gehen? Als ich zurückkam, mit dem Kaffee, und in das Lesezimmer trat, nicht ohne anzuklopfen, versteht sich, saß der Hausherr hochaufgerichtet, auf der einen Seite mit dem Ellbogen, auf der andern mit der Hand auf die Lehnen gestützt, in seinem Fauteuil hinter dem Tisch. Und habe ihn aus kalten blauen Augen von oben bis unten gemustert. Sie sind also der Schweizer, sagte er. Stellen Sie den Kaffee da hin. Ich sollte mich einen Augenblick zu ihm setzen. Zu dumm nur, daß Sie nun keine zweite Tasse mitgebracht haben.

Ich setzte mich ihm gegenüber und schaute ihm ins Gesicht. Das ich übrigens schön fand. Sehr fein geschnitten, wenn in diesem Fall nicht gezeichnet das bessere Wort ist. Wenn auch ein wenig aus seiner Ordnung. Dem er von Anfang an jene Art von Respekt entgegengebracht habe, die sich auch durch die übelste Nachrede niemals beirren lasse. Und die übelste Nachrede ging diesem Mann ja voraus. Trotzdem habe ich ihn von Anfang an gern gehabt. Wenn er auch natürlich die Kälte gespürt habe, die von ihm ausgegangen sei. Wie er in seinem Sessel thronte. Er schien mich vergessen zu haben. In Ruhe trank er seinen Kaffee aus. In Ruhe stellte er die leere Tasse in den Unterteller zurück. In Ruhe wischte er sich den Mund ab. Sie werden also bei uns wohnen? fragte er. Plötzlich. Ja, sagte ich. Daß ich es wenigstens glaube. Beiläufig habe sich Herr Tetzel etwas Staub aus dem Anzug geklopft. Den er im übrigen betrachtete, als würde ihn sonst nichts interessieren. Gratis? fragte er aber. Und habe ihn mit einem plötzlichen Ruck des Kopfes wieder ins Auge gefaßt. Es scheint so, sagte ich. Es habe im Antwortschreiben auf seine Bewerbung jedenfalls so geklungen. Das hat meine Frau geschrieben, sagte Herr Tetzel. Und was werden Sie dafür tun? Das wisse er nicht. Aber Sie werden es mir sicher gleich sagen, habe er ihm geantwortet. Jedenfalls hier sein. Und Herr Tetzel will also mit seiner Frau darüber noch sprechen. Und schlägt dann die Beine übereinander. Er habe nämlich, müsse ich wissen, eine sehr liebe Frau. Wenigstens noch für ein paar Wochen. Jedenfalls gehabt. Sie werde gelegentlich auch wieder hier eintreffen. Solange begnügen Sie sich mit einem monatlichen Trinkgeld für Diener und Putzfrau. Ich sagte nichts. Herr Tetzel sah auf den Boden. Ich fühlte Mitleid mit diesem Mann. Sie können jetzt gehen, sagte er. Und also sei er gegangen.

Und bin also jetzt hier zu Hause. Den Diener, diesen Herrn Spring, der inzwischen wieder auf die Beine und ihm auf der Treppe entgegengekommen sei, überspringe er hiermit. Mit einem einfältigen Wortspiel. Du hast es ja sicher erkannt. Weil ich diesen ersten Tag jetzt endlich hinter mich bringen will. Sei hier zu Hause. Stehe in seinem Zimmer, das ein kleines geschrägtes Dachzimmer sei. Bett, Stuhl und Tisch, das ist alles. Ein paar Bretter in einer Nische, auf die ich die Bücher stellen kann, die ich als erstes auspacke. Später auch ein paar Lebensmittel, die er heraufbringe, weil er sich nicht gern in der Küche aufhalte. Es verdirbt hier ja nichts. Dazu sei es zu kalt. Die Heizung pumpe die Wärme nur mühsam bis hier herauf. Stehe in seinem Zimmer am Fenster, das ein schönes sechsteiliges Fenster sei. Genauer, ein Doppelfenster. So daß ich den Raum zwischen den Scheiben zudem als Kühlschrank benutzen kann. Mit alten Beschlägen und alten Verschlüssen. Stehe am Fenster, beuge mich über das breite Sims, lehne mich mit dem Kopf gegen das Glas, so daß es von meinem Atem ein wenig beschlägt, und schaue hinaus. Der Blick geht nach Süden. Wenn nicht ein paar Bäume davor stünden, mein lieber M., und wenn nicht die Erde rund wäre (das ist sie doch noch?), ich könnte Dich sehen. Irgendwo dort, ganz weit weg, an der Wärme, an Deinem Schreibtisch, bei Deiner Mutter. So aber sehe er nur über den Garten in andere Gärten und bis zum Waldrand. Den ich nun auch bald durchbrechen werde, um den Wald von innen zu sehen. Diesen berühmten Wald, den ich aus der Literatur kenne. Du sicher auch.

Voraus aber anderes. Vor allem die erste Nacht. Er habe bitter gefroren. So heißt das in alten Märchen. Wenn es nicht bitterlich heißt. Wie in einem solchen sei er sich vorgekommen. In welchem das Land in Erstarrung versunken sei und auf Erlösung warte. So wartete ich auf den Morgen. An Schlaf war nicht zu denken. Wenn er trotzdem ein paarmal über ihn gekommen sei, vielleicht für Minuten, habe er nachher nicht mehr gewußt, wo er sei. So daß ich Licht machen mußte. Als das Tageslicht endlich kam, stand ich auf, nur um mich etwas bewegen zu können. Und dann habe auch endlich die Heizung wieder zu arbeiten begonnen. Die sei ja nachts ganz ausgeschaltet. Man müsse ja sparen. Das Öl sei in diesem Winter sehr knapp. In den folgenden Nächten war es nicht anders. Aber man gewöhnt sich schließlich an alles. Also auch an die Kälte.

Dazwischen die Bürokratie. Ohne die ja offenbar ein neuer Anfang nicht möglich sei. Will heißen: das Anmelden bei der Behörde, zivil und militärisch (das Militärische ist ja auch ein Grund, wie Du weißt, lieber P., warum ich fort mußte von da, wo ich herkomme), das stolze Eröffnen eines eigenen Bankkontos (ich lebe ja vorderhand noch von Erspartem), das Lesen von Stellen-Anzeigen in der hiesigen Presse (irgendwie muß ich ja meine schwebende Existenz auf einen festen Boden stellen, schreiben allein reicht nicht). Das habe ihn seine ganze Kraft gekostet. Von der er ja nicht allzu viel habe. Aber ich darf nicht klagen. Wenn ich an die Behandlung der Türken auf all den Ämtern denke, die ich durchlaufen habe, dann komme ich mir mit meinem rot-weißen Paß wie ein Abgesandter des Paradieses vor, dem man auf einem Blumenteppich entgegenkommt.

Aber was habe er denn davon? Erschöpft sei er trotzdem. Und überfordert von so viel Konkretem. Das Konkrete lernt man ja nirgends. In unseren Schulen jedenfalls nicht. Und zu Hause haben es mir meine Eltern vom Leib gehalten. Bei Dir wird es nicht anders gewesen sein. Das ist ja in unserer Schicht sehr verbreitet.

Dann also der Wald von innen. Die Höhe der Kiefern. Das Helle der Birken. Das Knirschen der Schritte auf dem gefrorenen Sand. Der von Nadeln und Laub bedeckt ist. Dieses helle gefrorene Laub. Während aus einem grauen, flach über allem liegenden Himmel lautlos ein leichter, trockener Schnee fällt. Und auch gleich liegen bleibt. Zuerst will ich zum See, dem der Wald seinen Namen gibt. Er geht also hinunter zum See, geht um den See, der nicht groß ist, herum, einmal, zweimal. Besichtigt das Jagdschloß, das an ihm liegt. Steigt die schmale Treppe hinauf, tritt ins Turmzimmer, tritt ans Fenster. Schaut auf die ruhige Wasserfläche hinaus. An so einem Ort müßte man wohnen. Das wäre ein Leben. Aber es ist ein Museum. Tritt wieder hinaus in den Schnee, der nun schon tiefer liegt, tritt in die eigene Spur, die noch zu sehen ist, geht noch einmal und noch einmal um den See herum. Ich weiß nicht mehr, wo sie anfängt und aufhört. Betritt, um sich zu wärmen, den Gasthof Zum Jagdschloß, trinkt etwas, geht wieder hinaus. Er habe den Wirt nach dem Weg fragen müssen. In dem plötzlichen Weiß habe ich nicht mehr gewußt, woher ich gekommen bin. Und dann falle ja auch schon die Dämmerung ein.

Vollkommen durchfroren, bis auf die Knochen kalt und auch an der Seele ganz klamm sei er gegen Abend auf sein Zimmer zurückgekommen. Was sage ich auf mein Zimmer? Was ist an diesem Zimmer schon mein? Ein paar Kleidungsstücke über der Stuhllehne. Ein paar Lebensmittel auf einem Brett und zwischen den Fensterscheiben. Ein paar Bücher am Boden. Auf dem Tisch ein paar Blätter. Ein Tagebuch auf dem Nachttisch. Sonst nichts. Das ist alles. Und damit soll er nun leben? Aber er lebt ja damit. Wenn auch nicht gut.

Und sitzt nun, inzwischen vollkommen legalisiert, in diesem Zimmer, das nicht so recht zu seinem Zimmer werden will. Das er als Käfig empfindet. In seinem Dasein bei Wasser und Brot. Es will mir ja nicht gelingen, für meinen Lebensunterhalt anständig zu sorgen. Das heißt einfach: einzukaufen. Schon das sei ihm zuviel. Und die Stadt, noch bevor er in sie hineinwächst, wächst ihm schon über den Kopf. Viel zu groß ist mir alles. Viel zu weit von meinem Herzen entfernt. Jeder Schritt, den er tue, sei ein Schritt in die verkehrte Richtung. Ich sage es Dir, ich gehe rückwärts. Mein Vorstoß in die Welt ist ein Rückschritt. So wenigstens kommt es ihm vor.

Dann dieser Anruf von Tetzel. Du wirst es nicht glauben. Es gibt hier ein Haustelefon. Vor seiner Tür im Gang klingelt der Apparat. Es ist Abend. Freudig erschreckt springe er vom Tisch auf und eile hinaus auf den Flur und hebe den Hörer ab. Er habe ja ohnehin nichts getan. Und es könnte ja sein, daß mich die Eltern anrufen. Oder P. Oder Du. Und es ist ja das erste Mal, seit er hier ist, daß das Telefon geht. Aber es ist nur der Hausherr. Der mich zum Pokerspiel auf sein Zimmer einlädt. Natürlich sage ich nein. Er könne ja nicht pokern, er habe das nie gelernt. Statt dessen schlage ich Schach vor. Nicht weil er Lust habe, mit seinem Gönner Schach zu spielen, sondern aus Höflichkeit. Weil ich denke, ich kann ihm doch nicht gleich den ersten Wunsch ausschlagen. Und weil er mir einsam vorkommt. Und, ehrlich gesagt, ich bin es ja auch. Du kannst es Dir denken. Falls Du es Dir wirklich denken kannst, dort, im Vertrauten. Da gebe es nichts zu bemänteln. Aber er will kein Schach. Er bleibe beim Pokern. Und ich also beim Nein. Das er unerhört findet, denn er wird ausfällig. Ich sehe schon, sagt er, Sie wollen nicht pokern, weil Sie nicht bluffen können. Ich hätte ja gar kein Geld. Ich weiß nicht, warum er es nötig hat, mich zu demütigen. Aber wahrscheinlich hat er es wirklich nötig, denke ich. Denn nun beginnt er mir unvermittelt und ohne zu fragen, ob es mich interessiert, von seiner Kriegsgefangenschaft bei den Russen des langen und breiten zu erzählen. Mit dem Ende, daß er diese schreckliche Zeit ohne Pokern nicht überlebt hätte. Schön, sage ich, dann also jetzt gute Nacht. Und höre ihn, nachdem ich den Hörer schon auf die Gabel gelegt habe, unten in der Halle, von wo er mich also angerufen hat, ein paarmal: allerhand! ausrufen. Das sei allerhand. Wahrscheinlich meint er mich. Die Tatsache, daß ihm sein Gast einen Korb gibt. Es sei beides in seiner Stimme, Respekt und Empörung. Viel Empörung, aber auch ein wenig Respekt. Von dem er noch heute zehre. Daß er ihn noch sprechen gehört habe auch ohne den Hörer am Ohr, habe das Gespräch mit seinem Hausherrn nachträglich entwirklicht. Es hat aber stattgefunden. Das sage er sich, als er schon lange wieder im Zimmer sei.

Ja, einen Schachpartner jetzt. Das wünscht er sich manchmal. Einen wie Dich, lieber Freund. Mit dem man die Nacht zum Tag macht und die Welt auch sonst auf den Kopf stellt. Während man in Wirklichkeit spielt. Spielst Du noch manchmal, auch ohne mich? Man müßte aber zu ihm kommen. Er geht ja nicht aus.

Und sitze in diesem Zimmer. Fest, möchte ich sagen. Ich komme aus diesem Zimmer nicht mehr hinaus. Wochenlang, glaubt er. Aber natürlich sind es in Wirklichkeit Tage. Was ist denn nur los? Kaum könnte ich hier richtig anfangen, verläßt mich die Kraft. Ich hocke auf meinem Stuhl vor dem Tisch und kann nicht mehr aufstehen. Obwohl ich nichts tue. Ich starre vor mich hin auf die Tischplatte, auf der ein paar Blätter liegen, die ebenso weiß sind wie meine Erinnerung an den Wald. Oder auf die Wand, mir gegenüber, kaum einen halben Meter von mir entfernt, zum Greifen nah, die steil aus der hinteren Kante des Tisches steigt. Auf meine Stirnplatte, von innen, die mir die Aussicht auf alles verstellt. Die Augen sind offen, aber sie sehen nichts.

Oder er liege auf seinem Bett, auf dem Rücken, und starre zur Decke. Ich sehe die Furchen dort im Verputz wie die Züge mir fremder Gesichter, Dämonen, Engel und Teufel, auf mich herunterschauen. Ich spreche mit ihnen. Einmal sind es die Runzeln auf der Stirn meines Großvaters, einmal die Risse in seinen Händen, die ich festhalten will. Aber es ist eine Täuschung. Ich verirre mich mit den Augen in den trockenen Sümpfen der Tapetenlandschaften, die sich mit ihren Flecken in Licht und Schatten verändern. Ich folge, um mich wieder zu finden, mit den Blicken den Trennungs- oder Verbindungslinien der Wandflächen, die in den Ecken zusammenlaufen. Was sie eher seien, das eine oder das andere, wisse er nicht.

Drängt sich selbst, auf dem Bett, in die Ecke. Drücke mich mit dem Rücken hinein, so sehr ich nur kann. Ziehe die Beine zum Bauch. Lege die Arme um sie. Den Kopf auf die Knie. Und tue sich leid. Ich verzärtele mich, würdest Du sagen. In den hintersten Winkel verkrieche ich mich. Die Decke ziehe er über sich. Über die Füße. Über die Beine. Über den Leib. Schließlich auch über den Kopf. Warte. Im Dunkeln. Auf nichts.

Ohne Unterschied zögen die Tage und Nächte an ihm vorbei. Er hänge in einem Spinnengewebe aus Nebel. Ab und zu zucke er mit den Flügeln. Bringe das Netz ein wenig zum Zittern. Das sei kein Bild. Ab und zu reißt ein Faden, und ich rutsche ein wenig tiefer. Eine kleine Bewegung von Glück während des Fallens. Ein kleines Schaukeln zwischen Himmel und Hölle. Er breite die Arme aus. Dann hänge er wieder still. Alles sei still. Stundenlang alles still. Tagelang alles still. Lebenslang alles still. Bis jemand, den er nicht nennen kann, mit einer leichten Bewegung der Hand das Netz zerreißt. Und ich herausfalle. Und ich ganz frei in die Tiefe falle. Und endlich ganz unten aufschlage und liegen bleibe. Auf meinem Bett. In meiner Ecke. Und weine.

Dann wird aus dem Weinen ein Lachen. Es schüttle ihn jetzt vor Lachen. Er weiß es noch nicht, aber er ist wieder auf der Welt. Und nachdem sich dann auch noch der Lachkrampf gelöst hat, stehe ich auf. Ich schäle mich aus dem Bettzeug und gehe den Schritt hinüber zum Schreibtisch und setze mich auf den Stuhl. Er habe geschrieben. Tatsächlich geschrieben, er wisse nicht wie. Es zogen Sterne einsam ihre Bahnen. Der kühle Kalk der Mauer an der Stirn. Mein armes Haupt hat nicht mehr, wo es ruht. Merkwürdige Zeilen. Als ob sie nicht aus ihm kämen. Sind das Gedichte? Das also ist eine Depression, dachte ich, als sie vorbei war.

Ich will jetzt ein Stück schreiben, in dem einer wie ich in ein Haus wie dieses, in das ich gekommen bin, kommt. Das also mit der Ankunft des Untermieters mitten in die Geschäftigkeit des aufgeregten Dieners hinein beginnt. Der Diener ist alt. Der Herr, den er verachtet und dem er sich unterwirft, wird zurückerwartet. Er ist auf Reisen gewesen, geschäftlich, Sondierungen wegen des Hausverkaufs. Und ausgerechnet jetzt kommt auch der Neue. Er ist schon da, pünktlich, während der Chef etwas Verspätung hat. Der Diener weiß jetzt nicht, was er tun soll, soll er den Mieter in seinen Haushalt einweisen oder muß er bereitstehen, um dem Herrn die Türe zu öffnen. Beides erfordert die Höflichkeit, die er noch gelernt hat, er ist überfordert. Vor Aufregung stirbt er genau in dem Moment, als man von draußen das Quietschen der Bremsen hört. Großes Durcheinander. Der Untermieter kümmert sich um den sterbenden Diener. Gepäck steht herum. In der Türe, die auffliegt, steht der Vermieter und schimpft, weil man ihm nicht entgegengekommen ist. Vorhang zum zweiten Akt. In dem mich der Herr als Ersatzdiener einstellt. Ich will nicht, aber andererseits kann ich auf diese Weise gratis hier leben. So halte ich länger durch. Und da ich bis jetzt keine Stelle gefunden habe, und da ja auch von den Eltern jetzt keine Unterstützung mehr zu erwarten ist ... Also, ich nehme das Angebot, das eine Zumutung ist, an. Viel gibt es ja nicht zu tun. Ab und zu muß ich dem Herrn einen Kaffee brauen. Für alles andere ist eine Putzfrau da, die zweimal wöchentlich kommt. Und um das Essen kümmert sich ja die Dame des Hauses. Die nun auch in den nächsten Tagen zurückerwartet wird. Wenn auch mit ihrem Freund. Von ihren Ferien im Süden, wo sie ein eigenes Haus hat. Das Bett macht der Herr selbst. Mich braucht er vor allem, um seine Zeit totzuschlagen. Die kriegt er allein nicht tot. Ich soll mit ihm pokern. Er hat das in Rußland gelernt. In der Gefangenschaft. Ausgerechnet bei den Russen, die er nicht leiden kann, hat er pokern gelernt. Aber da ich ihm beim Totschlagen der Zeit ja nur helfen kann, wenn ich meine eigene Zeit mitschlage, sage ich nein. Das führt natürlich zu einer heftigen Auseinandersetzung über das Herr-Diener-Verhältnis. Die übrigens, wie der ganze zweite Akt, im Gegensatz zum ersten, der in der Eingangshalle gespielt hat, im Musikzimmer stattfindet. Darüber, was der Herr darf, und darüber, was der Diener muß. Und die damit endet, daß ich ihm anbiete, ersatzweise eine Partie Schach mit ihm zu spielen. Während er mir sein Leben an den Kopf wirft. Natürlich in Kurzform. Das darin gipfelt, daß ihn die Frau betrügt. Und dann auch verlassen will. Und daß er von allem genug hat. Und noch einmal anfangen will. Und sein Haus jetzt verkauft. Und zwar an den Meistbietenden. Das sind hier die Russen. Weil sie ihr Geld außer Landes in Sicherheit bringen wollen. Gegen die hat er zwar etwas, aber nicht gegen das Geld. Und daß er zu guter Letzt jetzt einen Diener hat, der ihm eine Poker-Partie ausschlägt. Und dann muß er mit dem Hund weg, den es in diesem Stück auch gibt. Im dritten und letzten Akt sitzen sich Herr und Diener im Lesezimmer, in eine Partie Schach vertieft, gegenüber. Es ist zuerst lange still. Dann setzt der Herr seinen Diener schachmatt. Dann ist es wieder still, und der Diener beginnt, die Figuren in eine Schachtel zu räumen. Wollen Sie keine Revanche? fragt der Herr. Nein, sagt der Diener, während er die Schachtel schließt und das Schachbrett zusammenklappt. Und der Herr: Wie Sie verlieren können. Ich bewundere

Sie! Sie sind der erste Mensch, den ich kenne, der nicht vor mir kriecht. Ich schenke Ihnen mein Haus. Meine Frau soll es nicht haben. Und den Russen gebe ich es auch nicht. Sie können hier wohnen, solange Sie wollen.

Aber das schreibe er alles später. Jetzt treibt ihn der Hunger hinaus. Ich ging in die Stadt. Das heißt, in die Innenstadt. Und natürlich ging ich nicht, sondern ich fuhr. Mit einem dieser doppelgeschossigen Busse, für die diese Stadt berühmt sei. Und die ihn an London erinnern, obwohl er London nicht kennt. Du kennst es. Und obwohl sie im Gegensatz zu London hier auch gar nicht rot sind. Obwohl er weit draußen wohne, sei eine Haltestelle gleich um die Ecke. Königseck heißt sie, wie es sich für Euren Prinzen geziemt, liebe Eltern. Ich muß nur ein paar Schritte zu Fuß durch einen kleinen Park. Der jetzt unschuldig unter dem Schnee liegt. In dem aber noch im Sommer, spät nachts, als sie vom Bus kam, eine Frau vergewaltigt worden sei, wie ihm der Diener erzählt hat. Der ja in Wirklichkeit lebt. Es habe ihr einer aufgelauert. Mir war ganz schlecht vor Hunger. Ich hätte jetzt alles gegessen, obwohl ich sonst ja nur Weniges esse. Ihr habt das ja immer beklagt. Mit Zucker, den er im Zimmer hat und den er sich aus der Handfläche leckt, hat er sich überhaupt erst in die Lage versetzt, auf seinen Beinen wieder einigermaßen stehen zu können. Und doch, als ich dann, am Ziel meiner Wünsche (Menschen zu treffen) vor der Wahl stand, die Mensa erster oder zweiter Klasse zu betreten (diesen Klassenunterschied gibt es hier nämlich), betrat ich, in böser Erinnerung daran, wie ich einmal vor Jahren bei uns auf etwas sehr Unersprießliches gestoßen war, und zwar im Rahmen der Wurst, die ich an unserer Mensa im Begriff war zu essen, die erste. Du erinnerst Dich, lieber P.? Vor allem aber, weil er es satt gehabt habe, mit einem Tablett in der Hand anzustehen. Zumal in seinem erbärmlichen, ausgehungerten Zustand. Ich hatte ein Loch im Bauch. Und wozu habe er denn sonst seinen Doktor gemacht? Das frage ich Dich. Hier, in der ersten Klasse, werde er nämlich bedient. Dafür sei das Essen auch etwas teurer. Aber vorläufig kann ich mir das ja noch leisten.

Am Abend sitzt er dann im Kaffeehaus. Bleibtreu mit Namen. Es hätte ja auch ein Café Untreu gegeben. Sogar in der gleichen Straße. Er habe sich, an Leib und Seele wieder gestärkt, ein Buch gekauft, in dem er jetzt lese. Theaterstücke von Handke, der gilt ja jetzt etwas. Aber Du kennst dieses Lesen, bei dem man immer wieder die gleiche Seite umblättert, weil sie wieder zurückwischt, während man über den Buchrand hinwegschaut. Also kurz, ich kann Dir nicht sagen, wie diese Stücke sind. Du mußt sie schon selber lesen. Ein Mann sei hereingekommen, der ihm sofort aufgefallen sei. Etwas älter als ich, vielleicht. Einen Stock mit silbernem Knauf in der Hand. Einem Wolfskopf oder etwas, das ich jedenfalls dafür hielt. Den legte er quer über die Marmorplatte des Tisches, hinter welchem ich saß, den schwarzen Schlapphut, den er sich gleichzeitig vom Kopf nahm, darüber. Während er selbst mit elegantem Schwung sich neben ihm auf die (rot) gepolsterte Bank geworfen habe. Um aber sogleich wieder aufzuspringen und sich im Wandspiegel hinter der Sitzlehne die Haare zu ordnen. Schwarz, lang nach hinten geworfen. Die er mit einer wilden, fahrigen Geste aus dem Gesicht strich. Dabei hatte er etwas von einem Löwen, der seine Mähne schüttelt. Du bist doch auch so schön genug, sagte ich, ohne zu überlegen. Hier duzt man sich, mußt Du wissen. Auch wenn man sich nicht kennt. Ich weiß nicht, warum ich ihn ansprach. Irgend etwas an ihm sei ihm vertraut erschienen. Seine Nase erinnerte mich an die meine. Überhaupt glich er mir. Es sei eine befremdliche Situation gewesen. Indem ich ihn ansah, war es, als ob ich mich selbst ansähe. So wie ich gerne gewesen wäre. Wie die Figur aus einem romantischen Roman sei er sich vorgekommen, den er irgendwann einmal gelesen habe. Noch jetzt, während er es beschreibe, erscheine ihm alles ganz unwirklich. Wenn ich es selber irgendwo lesen würde, ich würde es wohl nicht glauben. Es komme nämlich noch dicker. Aber ich bürge für Echtheit. Ich war ja dabei.

Er schien sich überhaupt nicht zu wundern. Mit einem einverstandenen Lächeln habe er das Lob als ein selbstverständliches hingenommen. Indem er sich wieder setzte, neben mich, zu meiner Rechten, und mich seitlich ansah, sagte er, wir sind beide Krebse. Stimmt's oder habe ich recht? So rede er. Nur daß er im Aszendent Löwe sei, ich aber Zwilling. Meine Verblüffung kannst Du Dir vorstellen. Er habe ja recht gehabt. Und er sagte noch weitere Dinge, die mich erstaunten. Zum Beispiel, daß ich mein Buch weglegen sollte. Ich läse ja ohnehin nicht darin. Ich führte es mit mir wie andere ihren Hund oder ihr Kind. Oder habe er etwa nicht recht? Damit man mich daraufhin anspräche.

Ich ließ das Buch sinken. Was für ein frecher Kerl, dachte ich. Aber er hatte ja wieder recht. Also, ich frage dich, was liest du da für ein Buch? Aber ich kam gar nicht zu einer Antwort. Eine junge Frau sei hereingekommen. Kam vom Eingang her auf ihn zu. Rote Haare, Männerhut, Mantel. Setzte sich, ihm gegenüber. Feines, blasses Gesicht, große Augen. Sie legte den Hut auf den Stuhl neben sich, den Mantel behielt sie an. Sie machte den Eindruck, als ob sie nur auf dem Sprung sei. Als wartete sie nur, bis ihr Gegenüber seinen Kaffee ausgetrunken und endlich bezahlt habe. Der hatte aber noch gar nicht bestellt. Und es war nicht einmal sicher, ob er sie kenne.

Sie sah ihn an. Nein, nicht nur ihn, mich auch. Sie sah uns in einem Zusammenhang. Du magst das für spitzfindig halten, mir fiel es aber so auf. Es sei lange still geblieben. Der junge Herr liest die Stücke von

Handke, sagte mein Nebenmann endlich. Sie sagte kein Wort. Er sei verlegen geworden, habe das Buch, das er auf die Tischplatte gelegt gehabt habe, geöffnet, im Rücken auseinandergesprengt, mit den Titeln nach oben, reflexartig wieder zur Hand genommen, habe zu lesen versucht. Mit welchem Erfolg, kannst Du Dir ausmalen. Ich fühlte mich angeschaut. Schaute zurück. Eine Ewigkeit, in der sonst nichts geschehen sei, als daß sie dauerte. So sei es ihm vorgekommen. Es war ein Film, der nicht weiterlief. In dem ich einerseits mitspielte, den ich mir andrerseits, von der ersten Reihe aus, ansah.

Da endlich bewegte sich wieder etwas. Die junge Frau begann in der Tasche, die sie umgehängt hatte, nach etwas zu suchen. Jetzt wird es spannend, sagte ihr Gegenüber. Paß mal auf, was sie jetzt aus der Tasche holt. Er ahne so manches voraus. Er sehe die Dinge kommen. Ich kenne sie auswendig. Sie ist meine Schwester.

Zunächst sei aber nichts Auffallendes zu bemerken gewesen. Außer daß seine Schwester natürlich nicht seine Schwester war. Nie im Leben. Dafür lege er seine Hand ins Feuer. Das ist ein ganz anderes Pärchen. Jedenfalls zog sie, nachdem sie eine Zeitlang in der Tiefe der Tasche herumgewühlt hatte, nur eine Zigarettenschachtel hervor. Eine weiße Packung, Kent oder Memphis, er habe es wieder vergessen, als Nichtraucher habe er dafür kein Gedächtnis. Nach einer weiteren Weile folgten die Streichhölzer. Welthölzer heißen die hier. Das weiß ich, das fiel mir auf. Aber sie habe nicht rauchen wollen. Jedenfalls nicht im Moment. Sie habe die Utensilien nur auf den Tisch gelegt. Und begann jetzt, nachdem sie noch eine Füllfeder hervorgekramt hatte, von der Zigarettenschachtel ein kleines Stück abzutrennen. Eine Seitenfläche des Deckels. Sorgfältig, mit sehr feinen Fingern. Auf das sie eine Telefonnummer schrieb. Bevor sie es, in meine Richtung gedreht, in die Mitte der Tischfläche schob. Und bevor sie sich dann genußvoll eine Zigarette ansteckte.

313 96 29. Ich hatte mir die Nummer natürlich sofort gemerkt. Ohne zu wissen, wozu. Man macht das. Du hättest es auch getan. Es ist ein Reflex. Wieder sei alles still gestanden. Scheinbar. Nur der Rauch, den die Frau ausstieß, in kurzen, heftigen Stößen, zeigte an, daß das Bild doch kein stehendes Bild war. Was rundherum vorgegangen, ob das Lokal voll oder leer gewesen sei, beispielsweise, er könne es nicht sagen. Auch nicht, wieviel Zeit vergeht, bis ihr Partner, ihr fraglicher Bruder, mit zwei Fingern den Zettel von der Tischplatte aufhebt, ihn in den Aschenbecher hineinlegt, ihn mit einem Weltholz gemächlich in Brand steckt. Aber es werden schon vierzig Sekunden gewesen sein. Vierzig Sekunden jedenfalls, sagte Johannes, vierzig Sekunden brauche ein durchschnittlich intelligenter Mensch, um eine siebenstel-

lige Ziffer zu speichern. Dann sei sie auf Abruf bereit. Inzwischen weiß ich ja, daß er Johannes heißt. Auch das ist sehr leicht zu behalten, es ist ja mein zweiter Name. Ich kann sie schon auswendig, entgegnete ich. Siehst du, sagte er. Ruf meine Schwester unter dieser Nummer bald einmal an. Sie interessiert sich für dich. Sie ist Malerin. Du hast ein markantes Profil. Das sieht sie zwar nicht, aber ich sehe es. Sie muß mit dir sprechen. Aber ich müsse Zurückhaltung üben. Dies unter uns Männern. Wie heißt du? Und du, fragte ich, willst du mir jetzt nicht auch sagen, wer du bist? Vielleicht, sagte er, später. Aber erwarte nichts. Er sei ein schwacher Charakter. Er liebe das 18. Jahrhundert, den Adel, die Zaren. Er habe einen Hang zum Pompösen. Das ist seine Schwäche. Ob ich den Stock sehe? Er sei Pole. Er sei niemand. Er sei Johannes.

Er meinte den Stock mit dem Wolfskopf, der quer über dem Tisch lag. Den nahm er jetzt in die Hand. Den Schlapphut, der darüber gelegen habe, habe er aufgesetzt. Wir müssen jetzt gehen, sagte er. Als ob es noch nötig gewesen wäre. Aber eines will ich dir vorher noch sagen: Lies nicht zuviel. Man müsse nur zwei Dinge wissen auf dieser Welt. Einmal: Wer am meisten gehört wird, hat am wenigsten zu sagen. Zum zweiten: Es gibt viele richtige Fragen. Aber keine richtige Antwort. Damit sei er aufgestanden. Aber, sagte er, wenn du liest, dann lies richtig. Man dürfe die Dinge nicht so mißbrauchen.

Du kannst Dir vorstellen, wie das in mich einschlug. Wie es mir unter die Haut ging. Ihm, dem die Bücher fast alles seien. Jedenfalls gewesen seien. Bis anhin.

Die Frau, die sich am Gespräch nicht beteiligt gehabt habe, die überhaupt bisher kein Wort gesagt habe, die dagesessen habe, als ginge sie alles nichts an, von der er nicht wisse, wie sie heiße, sei ebenfalls aufgestanden. Indem sie sich im Spiegel den Hut richtete, sagte sie plötzlich, mit einem bittenden Ton in der Stimme: Vergiß meine Nummer nicht. Ich muß mit dir sprechen. Und daß ich ein schöner Mann sei. Sie sprach mit einem fremden Akzent. Slawisch, glaube ich. Siehst du, sagte Johannes, dein Kompliment kommt zurück. Ja, sagte ich, der Kreis scheint sich zu schließen. Grußlos verschwanden sie im Gedränge. Das er jetzt wieder wahrgenommen habe.

Man kann sich vorstellen, wie ich jetzt dasaß. Wie ein Ölgötze, würdest Du sagen. Mit einem Wilhelm-Meister-Gefühl blieb ich zurück. Du weißt, was ich meine. Mit diesem Gefühl, in der Hand von etwas anderem zu sein, das mehr über mich weiß als ich selbst. Während er später in die Nacht hinaus geht und eine beliebige Richtung einschlägt, die er auch mehrmals ändert, hat er den Eindruck, in die eigenen Fußstapfen zu treten. Um am Ende dahin zu kommen, wo ich hinkommen mußte. Ja, lach mich nur aus: ins Bett. Ich lache ja auch wieder, seit ich drin liege.

Es gibt also Hoffnung, mein lieber P. Daß er sich hier wieder fange. Was so eine Zahl doch verändert. Sieben Ziffern in einer halbwegs vernünftigen Ordnung, und der Mensch ist gerettet. Es gibt in der Stadt, die bisher nur riesig und drohend und kalt gewesen ist, für ihn einen warmen, begrenzten Winkel. Auch wenn es nur eine Nummer wäre, ich trage etwas im Herzen. Ich brauche sie nur zu wählen, und die Welt hat zu mir einen Bezug.

Überhaupt sei jetzt alles ganz anders. Die Frau des Hauses ist jetzt zurück. Liebe Eltern, Ihr braucht Euch um mich keine Sorgen zu machen. Für mich ist gesorgt. Es herrscht jetzt ein ganz anderes Klima. Eine ganz andere Atmosphäre. Ganz abgesehen davon, daß ich auch selbst für mich sorgen kann. Er schreibe jetzt viel. Vielleicht läßt sich davon auch einmal etwas verkaufen. Wer weiß. Man werde ja sehen. Ausgeschlossen ist jedenfalls nichts. Im Kopf hat er eine Seiltänzergeschichte entworfen, in welcher der Seiltänzer ein Netz braucht, nicht weil er Angst hat zu fallen, sondern weil er die Illusion braucht, fallen zu können. Was haltet Ihr davon? Überhaupt habe ich große Pläne. Das Dienerstück schreibt er nun doch nicht. Das ist schon geschrieben. Von einem anderen. Oder von vielen anderen. Der Zerfall des Großbürgertums sei ja keine neue Erscheinung. Das zieht sich ja schon ziemlich lange so hin. Ich könnte das auch. Er muß aber nicht tun, was er auch kann, sondern das, was nur er kann. Das ist das Entscheidende. Das kann ich mir gar nicht oft genug sagen. Auch wenn das, was nur ich kann, außer mir keine Laus interessiert.

Er schreibt andere Stücke. Theatererzählungen, das schwebt ihm vor. Träume, als die tiefere Wirklichkeit, auf die Bühne gebracht. Frauen, in weißen Gewändern, in weißen Zimmern, am Ende von weißen Gängen, die Telefonhörer abheben und wieder auflegen. Ein Mann, schwarz gekleidet, in einem anderen, weit davon entfernten Raum, der immer wieder die gleiche Nummer wählt, aber immer wieder falsch verbunden ist. Oder in Treppenhäusern, die er wieder hinabsteigt, nachdem ihm Türen geöffnet, aber gleich vor der Nase wieder geschlossen worden sind, weil er zu früh ist, stolpernd, hart mit dem Fuß aufsetzend, wie er wieder in die Helle des Tageslichts auf die Straße hinaustritt, noch nach der nächsten Stufe tastend, weil er nicht merkt, daß er schon unten ist. Halt solche Sachen. Das Dramatische liegt mir nicht. Und die trage ich jetzt auf die Dramaturgie des hiesigen Theaters. Des größten natürlich, des Staatstheaters. Das muß einfach so sein. Du kennst mich ja, lieber M. Alles oder nichts. Das sei seine Devise. Alles andere hat gar keinen Sinn. Wenn scheitern, dann groß und ganz.

Nun habe ich auch diesen Hölderlin kennengelernt. Diesen Lyriker, diesen Hausfreund. Es ist unglaublich, daß es so etwas gibt. Ich könnte mir das bei uns gar nicht vorstellen. So ein Dreieck, meint er, in aller Offenheit. Daß der Freund der Frau unter dem gleichen Dach mit dem Mann wohne. Ganz friedlich. Mit ihr esse, sie am Klavier begleite, ihr am Kaminfeuer vorlese. Kowaschnoi heißt er in Wirklichkeit. Das ist ungarisch. Und er ist mir sehr dankbar, daß ich seinen Namen richtig ausspreche. Nämlich mit der Betonung auf der letzten Silbe. Ich sei der einzige im Haus, der das tue, sagt er. Die anderen mögen ihn nicht. Das immerhin. Herr Tetzel ist meistens im Wirtshaus, wenn der Ungar im Haus ist. Übrigens ein sehr feiner, wenn auch etwas nervöser Mensch. Das sei zu verstehen. Aber daß sich auch die Bediensteten, Herr Spring und die Putzfrau, ganz automatisch auf die Seite des Herrn schlagen, das ist doch erstaunlich. Weil der doch ein Tyrann sei, und die Frau sei die Sanftmut selbst. Jedenfalls, liebe Eltern, hat sich bestätigt, daß ich für meine Dachwohnung nichts zu bezahlen habe. Außer dem Trinkgeld für die Bedienung. Trotzdem wird ihm das Geld langsam knapp, und er muß schon in Monaten, bald wohl in Wochen rechnen. Wenn ich nicht bald etwas Verkäufliches schreibe, bleibt mir nichts anderes übrig, als eine Stelle zu suchen. Euch wird das recht sein.

Und steht also mit seinen Stücken am frühen Morgen im Vorzimmer eines Herrn Wendt. Der hier Dramaturg sei. Der also das Sagen hat. Darüber, was geht und was nicht geht. Es sind zwei Einakter mit ähnlichem Thema, aber etwas anderem Verlauf. Anderem

Ausgang. Eigentlich viel zu kurz, aber man könnte sie ja zusammen spielen. Etwas Längeres habe er nicht. Man muß mich so nehmen, wie ich bin. Oder gar nicht. Beckett schreibe auch immer kürzer. Er hat extra die Zeilen seines neuesten Monologs, der gerade gespielt wird, in dem nur noch ein Mund im Scheinwerferlicht etwas Unzusammenhängendes stammelt, das aber ein Leben sein soll, während eine Gestalt im Dunkeln, die ein paarmal die Schultern hebt, zuhört, daraufhin ausgezählt. Wie ich an der Portiersloge vorbeigekommen bin, tut nichts zur Sache. Aber das ist gar nicht so einfach. Vielleicht sei es das Schwierigste überhaupt auf dem Weg nach oben. In diesem Land schützen sich nämlich die Theater durch einen Portier vor den Autoren. Aber natürlich nicht nur vor den Autoren. Ich scherze. Autoren, wenn er das höre. Ich bin ja noch gar kein Autor. An dieser ersten Hürde sei er aber vorbeigekommen. Die hat er wie nichts genommen. Man hat eben so seine Tricks, wenn man ein Weltmann sein will. Oder noch werden. Aber der Dramaturg, wie ich dann nach ihm frage, ist gar nicht da. Der war auf der Probe. Dafür habe sich seine Assistentin, die da gewesen sei und ihm die Festung gehalten habe, zufällig als Landsmännin herausgestellt. Und man weiß ja, wie man in der Fremde zusammenhält. Jedenfalls legt sie ihrem Chef meine Stücke ans Herz. Oder zumindest aufs Pult. Man wird ja sehen.

Am Abend ist er wieder im Kaffeehaus. Natürlich, im gleichen. Man weiß ja nie. Diesmal mit einem Buch von Canetti. Das ich am Nachmittag entdeckt habe. (In der Heine-Buchhandlung, am Bahnhof. Die so gerammelt voll ist von Büchern, daß man allein schon deswegen kaufen muß, auch wenn man kein Geld hat, damit man überhaupt eintreten kann. Sozusagen um sich den Weg frei zu machen.) Von dem er nun gar nicht mehr lassen kann. Seinen Roman habe er schon gekannt. Dieses Schlachtgemälde aus der Schreibstube. Diesen Kampf eines Bücherwurms gegen die Frau. Aber dieses sei nun ganz neu. Es sind Notate. Wie er sie selbst gern geschrieben hätte. Über die Tod-Feindschaft. Du kennst sie ja auch von mir. Ich meine die Feindschaft. Wir haben uns oft darüber gestritten. Bei aller Freundschaft. Diese Weigerung, dem Tod einen Sinn zu geben. Und ausgerechnet in diesem Buch stehe der Satz, daß es genüge, einen zweiten zu finden, der eine Haltung mit einem teile, um sicher zu sein, daß sie nicht der Ausdruck einer privaten Krankheit des Geistes sei. Diesen zweiten habe ich jetzt gefunden. Und Canetti hat das natürlich auch. Nämlich in mir. Aber er weiß es ja nicht. Es ihm zu sagen, traue ich mich nicht. Stell Dir doch vor, er würde mich auslachen. Wer bin ich denn schließlich?

Diesmal liest er also nicht nur pro forma. Vor lauter Vertieftsein habe er gar nicht bemerkt, daß sich das Lokal inzwischen gefüllt hatte. Ich hatte die Zeit ganz vergessen. Es sei schon spät gewesen. Ganz in der Nähe habe sich eine Gruppe von jungen Leuten niedergelassen gehabt. Lauter Männer. Die wohl über die Frauen sprachen. Wahrscheinlich Studenten. Sie seien um einen Wein gesessen. Glühende Gesichter, heftige Gebärden, hochfahrende Sätze. Sie mußten schon eine ganze Weile hier sein. Jedenfalls sei an der Runde nichts irgendwie Anfängliches mehr zu bemerken gewesen. Mein Blick fiel auf sie, wie in eine andere, äußere Welt, als ich das Buch zuschlug. Vor allem auf einen. Ein Engelsgesicht, habe er gedacht. Tauge nicht für die Welt. Aber da lachte er mir schon zu. Und hob sein Glas in meine Richtung, bevor er daraus trank. Auch die anderen hätten sich ihm jetzt zugewandt. Kurz, es dauerte nicht lange, und ich saß an ihrem Tisch.

Und habe also jetzt neue Freunde. Die freilich nicht die alten ersetzen. Und doch sei es verrückt. Lieber alter Freund! Da fällt einem die Welt auf den Kopf, in Form des eigenen Zimmers, das einem zum Gefängnis wird, vor lauter Fremdheit, und man weiß nicht mehr weiter – und will auch gar nicht mehr so recht weiter –, und kaum geht man hinaus, setze man sich der Welt wirklich aus, geht sie auf, und man begreift gar nicht mehr, was gerade noch gewesen ist, und bevölkert sich wieder, und eins kommt zum andern, und am Ende muß man sogar aufpassen, daß es nicht plötzlich zuviel wird. Jedenfalls ich. Jedenfalls er scheint so veranlagt.

Der eine, der mit dem Engelsgesicht, der ihm am nächsten ist (ich weiß nicht wieso, und natürlich nicht räumlich), studiert Literatur. Also das gleiche wie ich. Der andere, der noch ganz knabenhaft wirkt, der übrigens gleich heißt wie Du, ist der Sohn eines Musikers hier in der Stadt. Der ziemlich berühmt ist. Er sei ein Kommilitone des andern. Studiere also auch Literatur. Wenn auch nicht ganz so überzeugt wie sein Freund. Weniger für sich als gegen den Vater. Um der Musik zu entkommen. Der er ohnehin nicht entkommt. Die Bahn des Vaters werde auch seine Bahn werden. Das sei vorauszusehen. Jedenfalls dirigiert er schon nächstens ein Jugendorchester. Und seinen Freund, der sich umgekehrt nach der Musik sehne, die es in seinem Elternhaus nicht gegeben habe, unterrichte er in der Geige. Alles strebt fort von da, wo es herkommt. Aber meistens endet es doch wieder dort. Früher oder später. Es sei fast ein Gesetz. Aber ich höre Dich sagen, das Leben sei der Versuch, das Gesetz zu durchbrechen. Du hast ja recht. Geben wir also die Hoffnung nicht auf. Der dritte übrigens sei der Freund des zweiten. Des sich verhindernden Musikers. Der den verhinderten Musiker jetzt zur Musik bringt. Der wiederum sich den Unterricht vom Studiengeld abspare. Und seine Geige hat er sich auf dem Trödel gekauft. Er sei ein Kunststudent. Und er habe auch prompt eine Mappe dabei. Aber die Blätter, die er mir zeigt und die tatsächlich sehr stark sind, sind die seines Vaters. Der vor kurzem gestorben sei. Der ein Leben lang ohne Erfolg war. Zu Unrecht, wie sein Sohn glaube. Er glaubt, er ist es ihm schuldig, ihm zum Erfolg zu verhelfen. Warum, weiß ich nicht. Weiß er wohl auch nicht. Erst dann sei der Weg frei zur eigenen Kunst. Das sagt er. Sein Werk wird es sein, das Werk des Vaters zur Welt zu bringen.

Ich höre Dich wieder. Oder vielmehr, ich sehe Dich. Du hebst Deinen psychologischen Zeigefinger. Tatsächlich, es ist ein seltsames Trio, das da zusammengekommen ist. Sie leben in Wohngemeinschaft. In Kreuzberg. Auf der anderen Seite der Stadt. Alle sind unterwegs für oder gegen die Väter. Und er sei jetzt der vierte im Bunde.

Nun hör gut zu. Vlasta heißt sie. Das weiß ich jetzt. Von Johannes. Drei Tage habe er zugewartet. Dann habe er angerufen. Du weißt schon, diese Nummer, die mir die Welt bedeutet. Oder bedeutet hat. Oder zumindest in der Welt eine Richtung. Die er auswendig gelernt habe. In vierzig Sekunden. Du erinnerst Dich sicher. By heart, wie der Engländer sagt. Mit dem Herzen. Aber nun sei sie verreist, die Besitzerin dieser Nummer. Dieser Glücks- oder Unglücksnummer. Für wie lang? Für zehn Tage. Kurzfristig. Johannes, der sie also mitbesitzt (er meint natürlich die Nummer), hat es ihm mitgeteilt. Kühl, sachlich, aus großer Ferne. Immerhin soll er die eigene Nummer für sie hinterlassen. Für alle Fälle. Das sei ja nicht nichts. Jedenfalls nicht ganz. Das eben finde ich so wunderbar: daß immer etwas übrig bleibt. Sage Winnie in ihren glücklichen Tagen. O ja, sie hat recht: es wird wieder ein glücklicher Tag gewesen sein.

Sag selbst, was hätte ich tun sollen? Am ersten Tag anrufen? Das gehe nicht. Da gibt man sich aus der Hand. Er sei diplomatisch erzogen. Er hat gelernt, seine Gefühle, die er natürlich hat, wie jeder andere, nicht offen zu zeigen. Und zwei sei für Herzensdinge, um die es sich dabei ja doch irgendwie handle, seiner Ansicht nach keine geeignete Zahl. Ungerade, links, muß sie schon irgendwie sein. Weil das Herz ja auch links sei. Er macht Scherze. Kleine, bittere, etwas verzweifelte Scherze. Weil ich natürlich enttäuscht bin. Auf diesen dritten Tag, auf diesen Anruf hat er ja hingelebt. Auch wenn er sich davon in einem solchen Maß nichts habe anmerken lassen, daß er es selbst fast nicht bemerkt habe. Ich war ja doch, während ich zögerte, während ich um meinen Telefonapparat, auf dem Flur, vor meinem Zimmer, herumschlich, ganz jünglingshaft aufgeregt. Du kennst mich ja. Dir darf ich es sagen. Du weißt es ja ohnehin. Ich habe in solchen Dingen praktisch keine Erfahrung. Er sage praktisch. In der Theorie sind wir ja beide ganz alte Hasen. Du weißt ja, nach dieser Kränkung, vor Jahren, habe ich vor allem Weiblichen immer nur Angst gehabt. Jedenfalls habe ihn das Herzklopfen jetzt beinahe umgebracht. Deutsch und deutlich: er habe sich fast in die Hosen ge… Muß ich es aussprechen? Dabei weiß er gar nicht warum. So sehr hat ihm die Frau doch eigentlich gar nicht gefallen. Und überhaupt.

Sie will doch etwas von mir, nicht ich von ihr. Oder siehst Du das etwa anders?

Und lese jetzt viel, lieber P. Und gehe natürlich jetzt oft ins Theater. Wo sonst soll er sein Handwerk lernen? An der Universität jedenfalls nicht. An der Universität haben wir nur gedeutet. Oder gedeutelt. Und in tiefgründigen Deutungsversuchen das Verborgenste aus den Stücken herausgeholt. Sozusagen imaginäre Programmhefte auf höchstem Niveau und auf breitester Grundlage geschrieben. Aber auf dem Theater gelte nur das, was ohne Programmheft und ohne Unter- und Überbau am Abend selber über die berühmte Rampe komme. Der Funke, der überspringe, im Augenblick des Erlebens. Ohne daß man immer so genau wissen muß, woher und warum. Der den Abend zur Sternstunde mache, man wisse nicht wie. Das immerhin hat er hier schon gelernt. Allerdings sehne ich mich, trotz allem Neuen, manchmal zurück in den alten Zustand. In dem er alles für deutbar gehalten habe. Und natürlich zu Dir, mit dem zusammen ich die Welt im Sack hatte. Jedenfalls aber zu haben glaubte. Hier falle ihm die Welt immer mehr auseinander. Je mehr er ihr auf den Leib rückt.

In der Stadt ist es jetzt wieder sehr unruhig. Obwohl man allgemein annehme, daß das Gröbste vorbei sei. Und daß es auch nicht mehr so komme wie damals. Das jedenfalls steht in der Zeitung. Protestmärsche,

Mahnwachen, große Demonstrationen gegen dieses und jenes. Oder für dieses und jenes. Genau weiß er es nicht. Ich verschlafe ja alles. Bis ich da bin, wo etwas stattfindet, ist es vorbei. Ihr braucht Euch also um mich keine Sorgen zu machen. Er wohne ja nicht im Zentrum. Nur manchmal komme ich rechtzeitig, um zu erleben, wie die Polizei aufräumt. Nach geschlagener Schlacht. Wie in ein Auto mit vergitterten Fenstern, das dann gleich abfährt, noch Menschen hineingepfercht werden. Wie aus der zertrümmerten Scheibe der Sparkasse, mitten an der Renommierstraße der Stadt, die nach einem solchen Ereignis sehr leer sei, leergefegt, wie man sage, ein weißer Vorhang herauswehe. Während die Dämmerung einsinkt. Und es dann Nacht wird. Ein gewaltiges Bild. Beinahe mythisch. Von dem etwas Friedliches ausging. Als er die Polizisten, die mit ihren Schlagstöcken noch Reste der Scheibe herausgebrochen hätten, in aller Harmlosigkeit gefragt habe, warum sie das Fenster einschlügen, da seien sie allerdings böse geworden.

Seine Stücke sind nun auch abgelehnt worden. Offenbar sind sie nicht gut genug. Sie seien nicht lang genug, sagt der Dramaturg. Ich sage, Beckett ist auch nicht länger. Und er, dafür aber dichter. Und daß das bei ihm das Ende einer langen Entwicklung sei. Womit ich leider nichts anfangen kann. Er stehe ja nun einmal am Anfang. Und dann sagt er noch etwas vom Widerstand der Sprache. Das ich erst recht nicht verstehe. Wozu habe er das alles eigentlich einmal studiert? Daß der Widerstand der Sprache also in meinen Stücken nicht groß genug sei. Gegen was? Widerstand gegen was? Gegen den Stoff. Nun gut, da kann man dann eben nichts machen. Wir verstehen uns nicht. Dafür bietet der Dramaturg ihm, wenn er will, eine Stelle als Regieassistent an. Aber will ich das denn? Er wird es sich überlegen. Er wisse ja nicht einmal recht, was ein Regieassistent sei. Aber das würde sich weisen.

Die Nächte sind jetzt sehr lang. Die Tage sehr kurz. Eine Binsenwahrheit natürlich. Aber niederschmetternd genug. Kaum sei man aufgestanden, sei es schon wieder Abend. Wem sagt er das. Das wird ja bei Euch nicht viel anders sein. Es ist eben die Jahreszeit. Aber wenn man da oben lebe, stelle man sich alles da unten plötzlich ganz südlich vor. Wenn er oben und unten sagt, sieht er die Welt wieder, wie in der Schulzeit, als eine Landkarte, die an der Wand hängt. Natürlich, ich weiß, eine perspektivische Täuschung. Er kommt eben schwer durch den Winter.

Und muß also nun, liebe Eltern, wenn alles so bleibt wie es ist, und es sieht ganz danach aus, bald etwas arbeiten. Er meine etwas, das auch in den Augen der übrigen Menschheit den Namen Arbeit und also auch Lohn verdiene.

Aber es ist doch verrückt, lieber Freund, wie leicht man aus dem Netz, von dem man sich gerade noch gehalten gefühlt hat, wieder herausfällt. Ein Telefonhörer wird aufgelegt. Ein paar Türen würden hinter einem zugeworfen, das mache mindestens noch ein wenig Lärm, dann stehe man wieder, wie vorher, vollkommen beziehungslos auf der Straße. So sagt man. Meine Seiltänzergeschichte will ja auch niemand. Er hat es ein paarmal versucht. Hat sie auf einigen Redaktionsstuben auf einige Redaktionstische gelegt. Ohne ein Echo. Bis jetzt habe niemand geantwortet. Überhaupt muß er sie neu überdenken. Er ist nicht mehr so sicher, ob man hinüberkommt. Von einem Ende zum andern. Und das Netz unter sich brauche er nicht mehr, damit er die Höhe des Seiles darüber genügend empfinde. Er bräuchte es jetzt, um nicht vollends ins Leere zu stürzen.

Als ich nach Hause kam ..., wollte ich schreiben. Es muß aber heißen: als ich zurückkam. Als ich zurückkam, fing mich Frau Tetzel im Treppenhaus ab. Ein Herr habe angerufen. Pawlitsch oder so ähnlich. Ein ziemlich unfreundlicher Mensch, finstere Stimme, schlechte Manieren. Der sie wahrscheinlich für meine Geliebte gehalten habe. Die mich hier aushält. Er warte auf meinen Rückruf. Die Nummer wüßte ich schon.

Das hätte der Geiger sein können oder Johannes. Es war Johannes. Ich schaute im Telefonbuch nach und fand unter Pawlisz, Johannes, die mir geläufigen Zahlen. Von Beruf sei er demnach Antiquitätenhändler. Das sei dort gestanden. Da ist es also kein Wunder, daß er nach Ladenschluß Stöcke mit Wolfsköpfen spazieren führt.

Ich rief ihn an. Und war also plötzlich mit dieser Tschechin verbunden. Ich hatte die Stimme natürlich sofort erkannt. Diese Rauchstimme mit diesem Akzent. Er ist überrumpelt. Das hatte ich nicht erwartet. Darauf war ich nicht gefaßt. Das Telefon, das ohnehin ein Teufelsgerät für ihn sei, sei ihm zur Folter geworden. Ich dachte, du wärest verreist, sagte ich. Nach einigen Schrecksekunden. Sie: Davon habe ich auch gehört. Ich: Was soll das heißen? Ziemlich verwirrt. Ziemlich verunsichert. Und weiß jetzt nicht, spielen Johannes und sie zusammen mit ihm oder spielt Johannes allein mit ihr und mit ihm. Auf alle Fälle sei sie jetzt da, habe die Tschechin gesagt. Und daß sie denke, sie könnten sich also sehen.

Also sehen. Verstehst Du, lieber M.? Sie will mich sehen. Und wieder sei alles schon nicht mehr wahr, was er zuletzt von der Welt gesagt habe. Lieber P., wir sehen uns nämlich, noch heute abend. Heute abend sei zwar erst heute abend. Aber vorgestern, als sie es vorschlug, hatte sie keine Zeit, und gestern lief nicht der richtige Film. Sie will nämlich ins Kino. Er fragt sich natürlich, wozu sie ihn dabei braucht. Aber die Wege sind dunkel. Und vielleicht sei das ja nur ein Beginn.

Und finde mich also, wie Du Dir denken kannst, am verabredeten Ort viel zu früh ein. Sie kommt zu spät. So daß es fürs Kino schon knapp ist. Das macht nichts, sagt Vlasta. Sie habe sich den Abend eigentlich ohnehin anders vorgestellt. Also bei Wein und bei Kerzenlicht und einem guten Gespräch. Warum nicht. Er hat nichts dagegen. Dann, als sie gehen will, weil sie müde ist, fragt sie mich, ob ich mitgehe. Und ich, weil ich von ihr ganz eigenartig in Bann gezogen gewesen bin, bin also mitgegangen. Obwohl er sich sogar überlegt, was seine Wirtin denkt, wenn er über Nacht ausbleibt. Weil ich jetzt auch endlich wissen will, wie das ist.

Und geht also neben ihr her. Und schweigt. Und weiß jetzt, nachdem er vorher noch sehr gesprächig gewesen ist, nichts mehr zu sagen. Nicht das geringste. Zum Glück sei es nicht weit gewesen. Denn je länger wir gingen, um so mehr zitterten mir die Knie.

Ich dachte natürlich, wir gehen zu ihr. Nach Hause. Irgendwohin, wo wir allein sind. Aber als sie die Türe aufgesperrt habe, sei es die Türe zu einem Trödlerladen gewesen. Ebenerdig, direkt an der Straße. Vollgestopft mit den verrücktesten Dingen. Unmittelbar bei der Tür stand ein Schirmständer, in dem sich ein ganzes Spiel alter Stöcke befand. Darunter einer mit Wolfskopf. Das sieht er, während sie durchgehen, nach hinten, in einen kleinen Raum, der vom Verkaufsraum durch ein schweres Tuch abgetrennt ist. Ebenfalls alt, ebenfalls kostbar. Da lag Johannes, nackt, spärlich bedeckt, auf einem breiten Matratzenlager. Das beinahe die ganze Zimmerbreite ausgefüllt habe. Er hatte geschlafen. Es sei ja nach Mitternacht gewesen. Jetzt öffnete er für einen Augenblick die Augen, dann drehte er sich herum, indem er die Decke ein wenig über sich zog, und schlief weiter. Ich schien ihn gar nicht zu interessieren. Du kannst Dir vorstellen, wie ich jetzt dastand. In meinen Straßenkleidern. Während die Frau sich anschickt, sich auszuziehen. Und ihn auffordert, es auch zu tun. Nur den Pullover behält sie an. Unten nichts. Mir sausten die Ohren. Ich wäre am liebsten wieder gegangen. Aber irgendwie habe es jetzt kein Zurück mehr gegeben.

Und lag also dicht neben ihr. Mit dem Gesicht gegen die Wand. Und konnte natürlich nicht schlafen. Auf ihrer anderen Seite der andere Mann. Ich kam mir fremd vor. Andererseits auch irgendwie groß. Wie plötzlich gewachsen. Wie in einem Traum habe er gelegen. Von dem ich aber wußte, daß ich ihn träumte. Und den er auch habe träumen wollen. Bei dem ich nur ein wenig Angst hatte vor dem Erwachen. Wie würde das sein, wenn das Licht käme? Es erinnerte mich an einen Traum, den ich als Kind immer geträumt hatte: Er sei unterwegs und plötzlich bemerke er, daß er nackt sei, und nun wisse er nicht mehr, wohin mit sich. Zwar hatte ich Unterhose und Unterhemd anbehalten, aber das änderte wenig. Die Nacktheit der andern war schlimm genug. Gegen Morgen sei er doch etwas eingeschlafen. Da weckte mich ein Geräusch. Ein sanftes, gleichmäßiges Atmen, das sich verstärkt habe. Schon mehr ein Schnaufen. Dann eine brüske Bewegung. Und eine leise, aber bestimmte Stimme. Nein, laß mich. Dann war wieder Ruhe.

Das Aufstehen erspare ich uns im Detail. Das sei schon ohne Mitwisser peinlich genug. Wüste Beschimpfungen gehen, trotz seines Dabeiseins, oder gerade deswegen, vom einen zum andern. Sie habe also jetzt einen besseren Macker, schreit Johannes die Frau an. Während er sich in die Kleider wirft. Und beklagt sich darüber, daß sie ihn in der Nacht abgewehrt hat. Nach anfänglichem Mittun. Und sie gibt zurück, daß er nie etwas anderes im Sinn gehabt habe als ihren Hintern. Den sie aufreiße für ihn, Tag und Nacht, wann immer es ihn überkomme. Den er ihr fast auseinandersprenge mit seinem unersättlichen, riesigen Ding. Entschuldige, lieber Freund, diese drastische Sprache. Es sei nicht seine. Was ihm offenbar höllische Lust, ihr aber nur höllische Qualen bereite.

Und immer so weiter. Und immer so fort. Ich hielt mich heraus. Ihm fehlen die Worte, um zu beschreiben, was in ihm vorging. Er sei erschrocken. Ich war ja wahrscheinlich der Anlaß gewesen zu diesem Ausbruch. Erst später, beim Frühstück, das sie gemeinsam in einem nahen Café eingenommen hätten, hätten sie sich alle drei wieder etwas beruhigt. Ich will, daß er mein Freund wird, sagte die Tschechin über mich zu Johannes. Statt mir? fragte er. Wie du, sagte sie. Ihr neuer Freund werde aber nicht lange hier bleiben, sagte Johannes. Er sei zu fein. Die Stadt sei zu kaputt für ihn. Das hält er nicht aus. Sie sprechen von ihm, als ob er gar nicht dabei wäre. Dabei sei er dabei gewesen wie nie.

Ich bin also zu gut für die Stadt. Die Stadt ist zu schlecht für mich. Ich werde nicht lange bleiben. Das sage Johannes. Aber vielleicht will er nur nicht, daß ich bleibe. Das wäre ja auch zu verstehen. Oder nicht? Oder würdest Du, lieber P., Dich darüber freuen, wenn Dir Deine Geliebte (so Du denn eine hättest) einen anderen Mann ins Bett legte? So mir nichts und dir nichts? Daß sie die Geliebte des andern sei, daran könne er ja nun nicht mehr zweifeln. Als sie sich, gegen Mittag, zum Abschied reihum die Hand geben, fühlt er sich zum erstenmal in seinem Leben in einem Dreieck als Ecke. Und er fühlt sich dabei ganz gut.

Dort seien die Sonntage jetzt Schontage. Nasen- und

Ohrenschontage. Aber natürlich vor allem Umweltschontage. Heute waren Familien zu sehen, die Radtouren machten durch die Quartiere. Trotz Eis und Schnee. Mitten in der Stadt. Mit dicken Jacken und buntem Schal. Lachend und rufend. Ehrwürdige Männer trampelten sich in der Gegend spazieren. Die Polizei hoch zu Roß. Nur vereinzelt ein Taxi. Die Straße sei wieder weit und breit. Links und rechts könne man fahren. Den Gegenverkehr sehe man lange genug voraus. Weil er von einer geradezu menschlichen Langsamkeit sei. So könnte es also sein, wenn uns das Öl endgültig ausginge. Und an den Straßenrändern zwischen den Schneehaufen wie tote, erfrorene Käfer die Autoleichen. Die leider nur scheintot seien. Morgen werden sie auferstehen. Für eine weitere Woche.

Jawohl, liebe Eltern, es ist jetzt sehr schön hier im Haus. Seit eben die Frau da ist. Er hat es schon früher erwähnt. Es gibt jetzt sogar Musik. Aus dem Musikzimmer dringt sie zu mir herauf. Er brauche nur die Tür zu seinem Zimmer offen zu lassen. Frau Tetzel singt, Hölderlin spielt auf dem Flügel. Sonst sei es hier immer still. Nicht einmal ein Radio habe er ja. Manchmal denke ich, ich bin sehr arm, daß ich kein Instrument spiele. Auf Musik dürfe ja eigentlich nur mit Musik geantwortet werden. Und das Singen habe ich auch verlernt. Das er ja nie sonderlich gut beherrscht habe. Ihr leider auch nicht. Bei uns gab es ja keinen Gesang. Jetzt hätte er Sehnsucht danach.

Und gehe jetzt oft ins Konzert. Lieber P. Was ich zu Hause niemals getan hätte. Mit diesem Musiker. Vielmehr dem Sohn dieses Musikers. Von dem er erzählt habe. Sie haben ja hier das beste Orchester der Welt. Jedenfalls sagt man das so. Ich habe keinen Vergleich. Aber der Klang der Streicher sei wirklich wie Samt. Und dann komme er ja durch diesen Musikersohn immer zu Freikarten. Anders könnte er sich einen solchen Konzertbesuch auch gar nicht so oft leisten. Ich fahre schon bald auf den Felgen. Das heißt, er ist abgebrannt. Wie es weitergehe, wisse er nicht. Irgend etwas muß nun aber wohl bald geschehen. Aber das Recht auf Musik sei ein menschliches Grundrecht. Das sollten sie auch auf die Spruchbänder schreiben, die sie die ganze Zeit durch die Stadt trügen. Darum mache er sich kein Gewissen daraus, daß er nicht zahle. Mahler interessiert mich vor allem. Den er vor kurzem noch gar nicht gekannt hat. Den ich durch Dich kenne. Diese immer gerade noch gegen das Chaos gerettete Harmonie. Ich brauche Dir nichts zu erzählen. Musik sei manchmal die einzige Rettung.

Manchmal sei auch der Geiger dabei. Und wir setzen uns nach dem Konzert noch zusammen. Ihm gefällt Mahler nicht. Ihm sei er zu disparat. Da gibt es dann Streit. Weil ich sage, mir habe er früher auch nicht gefallen. Der Jüngere verstehe das als Angriff auf seine Jugend. Ach Gott, wenn er wüßte, wie jung ich selber noch bin. Aber Du weißt es.

Eine Entdeckung habe ich hier gemacht. Hier heiße, hier in der Straße. Gleich um die Ecke. Wenn ich ans Fenster am Flurende trete, oder an das in der Bibliothek, und in den angrenzenden Garten hinüberschaue, kann ich es sehen. Was könne er sehen? Daß Männern, die ihren Wagen ein Stück weiter geparkt hätten und dann zu Fuß zurückkämen, um an der Türe der Nachbarvilla zu klingeln, von wechselnden Frauen geöffnet würde. Die überdies nichts als einen Bademantel oder Kimono anhätten. Und das den ganzen Tag über. Er habe Stichproben gemacht. Es verschafft mir ein seltsames Vergnügen. Vor allem aber in der Mittagszeit und nach Geschäftsschluß. Ich weiß nicht, lieber M., wie Du davon denkst. Er finde es aufregend. Und steht manchmal stundenlang auf seinem Beobachtungsposten. Von einem Bein auf das andere tretend. Es sei auf dem Flur nämlich kalt. Bis ich das Wasser nicht länger halten kann. Er habe so etwas ja vorher noch nie gesehen. Ich weiß nicht einmal, ob es das bei uns überhaupt gibt.

Wie lange er jetzt schon hier sei. So lang, daß ich am Stand der Sonne über den Bäumen, die ich von meinem Fenster aus sehe, die Uhrzeit ablesen kann. Natürlich nicht so genau wie von der alten, heimatlichen Uhr. Die immer noch seine Kinderuhr ist. Die ich zur Ersten Kommunion bekommen habe. An einem 5. Mai, er erinnere sich ganz genau. Zufällig war es am Geburtstag des Vaters. Er habe sie abgelegt. Er braucht sie hier nicht. Dafür verliere ich Euch, liebe Eltern, wie überhaupt alles zu Hause, hinter den Bäumen, allmählich immer mehr aus den Augen.

Und bin jetzt auch Zeitungsleser geworden. Auch etwas Neues. Lange Zeit sei er sich dazu ja zu gut gewesen. Hätte ich es als Hochverrat an den Büchern empfunden. Gewöhnlich setze er sich, um es zu sein, in ein Café. Und lasse sich also vom Kellner das Leben servieren. Aber obwohl es natürlich die Weltpresse gibt, sucht er sich immer zuerst die einzige von zu Hause heraus, die sich in diesem illustren Feld hält. Ich weiß nicht warum. Vielleicht sei es eine Frage des vertrauteren Blicks auf die Dinge. Die Dinge selbst, über die da berichtet wird, sind ja in allen Blättern dieselben. Nur die Todesanzeigen natürlich nicht. Die studiert er immer zuerst. Weil ich wissen will, ob jemand gestorben ist, den ich kenne. Das war aber bis jetzt nicht der Fall.

Endlich Faust II gesehen. Den ich bis anhin für unspielbar hielt. Ein gigantisches Schauspiel. Du hättest daran Deine Freude gehabt. Er schreibt jetzt Faust III. Weil ja Faust II, bei allem Respekt, gemessen an der Exposition von Faust I, ein ganz falsches Ende hat. Goethe ertrage die Tragödie in der Tragödie nicht. Viel zu harmonisch. Viel zu versöhnlich. Die Seele von Faust, nach dem Teufelspakt, gehört aber der Hölle und nicht dem Himmel. Auch wenn er sich noch so sehr strebend bemüht. Wie es da heiße.

Man müsse aber das Heillose ertragen. Wenn es die Folge von gegebenen Ursachen sei. Oder die Voraussetzungen ändern. Das sind die Alternativen. Daran arbeitet er jetzt.

Die Wahrheit ist hier sehr billig zu haben. Sie wird auf der Straße verkauft. In Form von Flugblättern und Flugschriften. An allen Ecken und Enden. Jeden Tag kämen neue dazu. Aber er glaube nicht an eine Wahrheit, die man kaufen und lesen und vom Blatt spielen könne. Viel eher an Ecken und Enden. Aber davon ein andermal.

Und jetzt diese Mantelgeschichte. Eine ziemlich verrückte Sache. Er sitze auf seinem Zimmer. Es sei spät in der Nacht. Herr Tetzel ist gerade nach Hause gekommen. Betrunken. Wieder einmal. Der gute alte Herr Spring hat ihn die Treppe herauf und ins Bett gebracht. Das habe er noch gehört. Jetzt ist Ruhe im Haus. Da habe auf dem Flur vor seiner Türe das Telefon geklingelt. Natürlich im ganzen Haus, aber für ihn vor der Tür. Ich erschrecke natürlich. So spät in der Nacht kann das nichts Gutes bedeuten. Er denke, wenn das nur keiner von seinen Spezis sei. Er will keinen Ärger. Läßt also läuten. Er fühlt sich nicht zuständig. Es seien ja alle im Haus. Herr Spring werde schon drangehen. Fünf-, sechs-, siebenmal läutet es. Aber es geht niemand dran. Herr Spring in seinem Keller höre offenbar nichts. Und die anderen hätten ihre

Anschlüsse über Nacht wahrscheinlich herausgezogen. Also, nach dem zwanzigsten Läuten renne ich aus dem Zimmer und hebe ab. Das hält man ja so auf Dauer nicht aus. Es könnte ja wichtig sein. Da habe ihm eine Stimme ins Ohr geschrien, er sei ein Vollidiot. Und daß er gefälligst den Mantel zurückbringen solle. Er bleibe ruhig. Ich sage, das muß eine Verwechslung sein. Allerdings, eine Verwechslung, schreit wieder die Stimme. Im Hintergrund habe er Wirtshausgeräusche gehört. Bring meinen Mantel zurück, du Idiot, ich brauche die Schlüssel, ich will nach Hause. In diesem Stil eben. Und ich erkläre ihm, daß ich in diesem Haus nur der Mieter bin. Und daß der Herr nämlich schon schlafe. Auf der anderen Seite sei es einen Augenblick still geworden. Aber dann sagt die Stimme, dann wecken Sie Ihren Herrn eben auf und sagen Sie ihm, daß er ein Idiot ist. Das werde ich nicht, sage ich. Aber wenn er ihm etwas Ernsthaftes zu sagen habe, könne er es ihm ja in der Frühe ausrichten. Was in der Frühe? habe die Stimme geschrien. Jetzt! Jetzt brauche ich meinen Schlüssel. Und dieser Schlüssel befinde sich in seinem Mantel. Und ob ich verstehe. Und diesen Mantel habe mein sauberer Herr, der also schon schlafe und in Wirklichkeit ein Idiot und ein betrunkenes Schwein sei, zu sich nach Hause genommen. Also zu mir. Dahin, wohin er jetzt anrufe. Anstelle des eigenen. Der noch in der Kneipe hänge. Den er auch nehmen würde. Wenn sich in seinen Taschen die Schlüssel befänden. Befinden sie sich aber nicht. Ob ich verstehe. Logischerweise. Weil sie sich eben in seinem Mantel befänden. Der sich aber nicht mehr da, in der Kneipe, wo er jetzt sei, befände, sondern da, wohin er jetzt anrufe, also bei ihm, also bei Tetzel, der ihn habe mitlaufen lassen, also bei mir. Und so weiter. Und ob ich noch dran sei.

Natürlich sei er noch dran gewesen. Und fragte ihn also, was ich in diesem Fall für ihn tun könne. Sie sind also bereit, in diesem prekären Fall etwas für mich zu tun? habe die Stimme gefragt. Jetzt plötzlich ruhig und höflich. Und habe ihm dann erklärt, wie dieser Mantel aussehe. Und wie er beschaffen sei. Und wo er gegenwärtig wahrscheinlich hänge. Und wo er nicht hingehöre. Nämlich an unsere Garderobe, unten, neben dem Eingang. Und daß er sich auskenne hier. Daß Tetzel nämlich sein Freund sei. Normalerweise. Unter anderen Umständen. Wenn er nicht gerade besoffen sei. Und wo ich ihn also hinbringen solle. Wenn ich so gut sein wolle.

Und ging also mit einem grauen, karierten Mantel über dem Arm, den ich in der Garderobe ausfindig gemacht, in dessen Taschen ich auch die beschriebenen Schlüssel gefunden hatte, durch die zu dieser Stunde von allen Menschen verlassene Griegstraße bis zur Königsallee und ins Königseck – und kam mit einem unifarbenen blauen zurück. Mit dem also der schlafende Hausherr den fremden verwechselt habe. Was eigentlich gar nicht gehe. Die zwei Mäntel waren wie Katze und Hund. Als er die Treppe zu seinem

Zimmer hinaufgegangen sei und seinen Vermieter hinter seiner gepolsterten, schallisolierten Schlafzimmertür schnarchen, fast röcheln gehört habe, da habe er ihm leid getan. Ob er jemals ein Bewußtsein von den Vorgängen in dieser Nacht gewonnen hat, kann ich nicht sagen. Er würde ja nie davon sprechen. Auffallend sei nur, daß er ihn seit dem Morgen danach ausgesprochen zuvorkommend behandle. Daß seine Stimme fast dankbar klinge. Daß sein Verhalten ihm gegenüber seither beinahe etwas Weiches, Schüchternes, wenn nicht gar Heimliches habe. Als wären wir eine Verschwörung.

Er treffe sich jetzt oft mit der Tschechin. Sie ist Kunststudentin. Will Malerin werden. Und Bildhauerin auch. Hochschule für Bildende Künste. Sie nimmt ihn mit in die Museen. Ich schleppe sie mit ins Theater. Sie erzählt ihm von ihrer Arbeit. Ich ihr von der meinen. Seltsame Gespräche. So eines zum Beispiel:

Wahrscheinlich sei das, was er mache, eine sehr gute Sache. Sagt sie. Er hat ihr davon erzählt. Aber sie ist nicht so wichtig. Jedenfalls nicht so wichtig, wie du sie dir denkst. Und führt dann den Beweis. Schau, sagt sie, jetzt, also zum Zeitpunkt, an dem wir das Gespräch führen, leben alle Leute noch, ohne davon das geringste zu wissen, was du geschrieben hast. Warum sollten sie das morgen nicht auch? Ja, sage ich. Sie habe natürlich recht. Und frage sie, ob sie also meine, daß er aufhören sollte zu schreiben. Nein, sagt sie. Aber geh deinem Handwerk nach wie sie dem ihren. Er soll es nicht ernster nehmen. Und sagt dann, auf seinen Einwand, er müsse es ernst nehmen, weil es ja sonst niemand ernst nehme, sie glaube unter diesen Umständen nicht, daß sie die Frau sein könne, die für ihn gut sei. Aber er hat das von ihr doch gar nicht verlangt. Von Frau will er nichts wissen. Das kommt für ihn aus der Luft. Und da gehöre es auch wieder hin. Als er sie fragt, was sie denn zur Kunst treibe, wenn nicht der Ernst der Sache, da sagt sie, die Behandlung des Materials. Und damit steht er dann da.

Und nahm mich dann mit in die Klasse. Und führe ihm da also vor, was das sei, die Behandlung des Materials. Eine Männerplastik stand mitten im Zimmer. Aus Ton. In halbfertigem Zustand. An der habe sie sich zu schaffen gemacht. Ihr gegenüber ein nackter Mann. Das Modell. Auf einem Podest. Sie sieht gar nicht hin. Sie sieht nur die Figur. Und den Spachtel, mit dem sie sie glättet. Und die Hand, mit der sie sie formt. Und doch sei die Figur dem Vorbild sehr ähnlich. Nicht an der Oberfläche. Aber von innen. In ihrem Ausdruck. In ihrer Haltung. Es sei verblüffend. Aber das Verblüffendste war, sie glich nicht nur dem Vorbild, sie glich auch der Künstlerin. Ihn, den sie auf einen Stuhl an der Wand gesetzt hat, vergißt sie schon nach der kürzesten Zeit.

Dann wieder ein Treffen zu dritt, lieber Freund. Also im Dreieck. Vlasta, Johannes und er. Bei einem Glas Wein. In einer Kneipe, in der die Tischtücher Teppiche sind. Ich habe das bei uns nie gesehen. Es sei sehr schön. Vor allem bei Kerzenlicht. Schaffe auch in dieser kalten Nacht so etwas wie einen Anschein von Wärme. Er kann sich gar nicht erinnern, je einen so kalten Winter erlebt zu haben. Außer natürlich in unserer Kindheit. Wo immer alles noch mehr gewesen ist. Mehr Schnee und mehr Sonne. Mehr dies und mehr das. Erinnerst Du Dich zum Beispiel an die nicht endende Länge der Tage? Als wir nicht wußten, was eine Woche ist? Mit so einem Gefühl ungefähr betrete man dieses Lokal. Das übrigens mitten in der Stadt, aber etwas abseits liege. Etwas verwunschen. In einer Nebenstraße. An einer verborgenen Ecke. Um dann aus diesem Gefühl um so schmerzlicher wieder herauszufallen beim Aufschlagen und Lesen der Preisliste auf der Getränke- und Speisekarte. Ein solcher Abend kostet mich eine Woche. Das darf er mit Fug und Recht sagen. Inzwischen wisse er ja, was eine Woche sei. Neun Wochen bin ich schon hier.

Also, sie seien schon bald alle drei schlechter Laune. Die durch den Wein noch verstärkt wird. Ich meine jetzt: unabhängig vom Preis. Sie rede den ganzen Abend gegen die Natur, Johannes gegen die Welt. Schon eine geschlagene Stunde. Aber merkwürdig, je länger sie reden, je länger sie ihr Gift gegen alles ausspeien, um so mehr beginne ich alles, was sie hassen, zu lieben. Verbessert sich meine Laune wieder. Werde ich stärker. Werde er zum Anwalt all des von den andern Bespuckten. Auf das er sonst ja auch manchmal spucke. Weil ich es natürlich auch lieber besser hätte, als es in Wirklichkeit ist. Es war wie ein Kampf um die Welt. Je verlorener sie ihm erschienen sei, in den Verfluchungen der andern, um so mehr seien ihm Kräfte gewachsen, um sie zu retten. Je klarer ihm wird, daß die Verletzungen, die sie der Welt zufügen, ihm gelten, desto weniger spürt er den Schmerz. In Form von Wein goß ich im Gegenteil Öl ins Feuer. Daß es ein Kampf unter uns war, weiß ich erst jetzt.

Und findet Johannes auch gar nicht mehr schön. Er ist von den Höhen heruntergekommen, auf die ich ihn selber hinaufgehoben habe. Bei der ersten Begegnung. Und kommt immer noch weiter herunter. In dem Maß, in dem er herunterkommt, steige ich selbst. Jedenfalls im Vergleich zu ihm. Weil er als der Beobachter ja stillstehe. Aber natürlich geschieht das nur innen. Ich lasse es niemanden merken. Und auch sie sinke natürlich mit.

Eigentlich sei ja sein schönes Gesicht, im Spiegel des Alkohols, eine schlimme Grimasse. Das Gesicht eines Radrennfahrers. Der bei einer Karambolage die oberen Zähne verloren hat. Herausgehustet, wie man bei Boxern sage. Ihr Fehlen mache er aber durch eine unglaubliche, monatelang vor dem Spiegel geübte

Beherrschung der Oberlippe wett. So stelle ich mir das jedenfalls vor. Die überdies durch einen üppigen, nach der Seite hin aufsteigenden, nach vorn aber überhängenden Schnauzbart in ihren Anstrengungen noch unterstützt werde. Überhaupt ist er ein Schauspieler. Erster Güte oder übelster Sorte, ganz wie Du willst. Immer sei er in einer Rolle. In einer Gebärde. In einer Haltung. Immer und überall muß er im Zentrum stehen. Immer müsse er etwas anderes sein als die Menschen um ihn herum. Die er im übrigen gar nicht sehe. Von denen er aber weiß, daß sie ihn sehen. Entsprechend gebärdet er sich. Bewege sich immer in anderen Welten. In anderen Zeiten. Am Hof des Sonnenkönigs zum Beispiel. Dessen Möbel in seinem Laden stünden. Die er selbst restauriere. Die er selber benütze, bevor sie verkauft sind. (Habe ich Dir von dem Fußschemel und dem Stuhl schon erzählt, die er in der Ecke des Schlafzimmers zum Thron aufgebaut hat?) Oder am Hof Iwan des Schrecklichen. Dessen starkes Blut, wie er sagt, er verehrt. Keiner habe ja heutzutage noch starkes Blut, könne er plötzlich ausrufen. Mitten in ein Gespräch hinein. Und mich dabei anschauen, als wollte er mich durchbohren. Das dauert Sekunden. Dann lache er wieder. Man weiß nicht, woran man ist. Er sei ein Irrer. Sie nenne ihn: Komödiant. Und ihm ist natürlich nicht klar, meint sie das zärtlich oder verächtlich.

In letzter Zeit schlafe ich schlecht. Schlafe nicht ein oder wache gleich wieder auf. Oder schlafe und weiß, daß ich schlafe. Träume die unsinnigsten Träume. Wahrscheinlich habe er tagsüber zu wenig Bewegung. Woher auch? Ich habe ja hier nichts zu tun. Hocke den ganzen Tag nur auf dem Stuhl. Um dann am Abend doch nichts geschrieben zu haben. Wenigstens nichts Brauchbares. Das einem Dramaturgen oder gar Verleger gefallen könnte. Es wäre gescheiter, er würde spazierengehen. Die Wälder abklappern. Von denen es hier ja die Menge gibt. Und um die Seen herumgehen, bis es mir schwarz wird vor Augen. Die Ansässigen klagen über die Begrenzungen der Stadt, ihm kommt sie vor wie ein unendliches Land. Wenn ich den Plan auseinanderfalte und auf den Boden lege, um eine Straße zu suchen. Natürlich im Zimmer. In Wirklichkeit bewegt er sich immer im gleichen Geviert. Der weiteste Weg, den er gehe, sei die Strecke zur Bushaltestelle und wieder zurück. Die größte Steigung die Steigung des Treppenhauses zu seinem Zimmer. Sonst ist hier alles ganz flach.

Und habe es langsam satt, hier herumzuhängen. Aus lauter Langeweile gehe ich in die Oper. So weit ist es mit ihm schon gekommen. Stell Dir das vor. Opfere im Tempel unserer Eltern. Und schaue sich die unmöglichsten Dinge an. Wie jemand an Schwindsucht leidet und singt. Und zwar in den höchsten Tönen. Oder wie jemand anderer zwei Akte lang und sogar über die Pause hinweg stirbt. Und natürlich auch singt. Denn gestorben und gesungen wird eigentlich immer. Aber natürlich geht es ja um die

Musik. Und die brauche er manchmal ganz einfach. Zumal er sie nach wie vor, durch Beziehungen, gratis bekommen kann. So ganz ganz allein bin ich, wie Du siehst, demnach nicht.

Gestern also der Tristan. Da sei er fast wahnsinnig geworden. Nicht wegen der Musik. Wegen der vielleicht auch. Aber eben nicht nur wegen ihr. Wie es sich eigentlich doch gehören würde. Nein, eine Dame vor ihm (mit Fuchs um den Hals und Schleier vor den Augen) habe diesen Tristan unbedingt und vom ersten bis zum letzten Takt mit dem Kopf dirigieren müssen. Auf Teufel komm raus. Auf dem Schoß hat sie die Partitur. In der sie die ganze Zeit über geblättert habe. Man muß sich das vorstellen. Geschlagene vier Stunden. In diesem Fall wörtlich. Mit Händen und Füßen. Das hätte er einfach nicht ausgehalten. Und habe demzufolge dem traurigen Schauspiel schon in der Pause ein vorzeitiges heftiges Ende gemacht. Ich könnte Sie umbringen, habe er drohend zu ihr gesagt. Indem er sich über die Sitzlehne zu ihr vorgeneigt habe. Daraufhin verhielt sie sich still.

Das Dreieck ist gar kein Dreieck. Es ist ein Viereck. Das weiß er erst jetzt. Außer dem Freund, also diesem Johannes, bei dem sie schläft, zumindest geschlafen hat, in dieser früher einmal geschilderten Nacht, hinter dem Trödlerladen, gibt es noch einen Verlobten. Bei dem sie wohne. Zumindest ein Zimmer hat. Der überdies ganz ähnlich heißt wie der Freund. Nämlich Hans. Den will sie ihm vorstellen. Aus heiterem Himmel heraus. Er weiß nicht warum.

Und saß also auf ihrem Bett an der Danckelmannstraße und schaute mir die Bilder aus ihrem Leben an, die sie in einer Kartonschachtel gesammelt hatte. Die sie ihm in die Hände gedrückt habe. Während sie sich noch einmal entfernt hat. Wie immer geheimnisvoll. Sie sei gleich zurück. Lauter Akt- oder Nacktbilder, auf denen sie allein oder mit Männern zu sehen war. In den befremdlichsten, aufreizendsten Posen. Sie sei ja geflohen, damals, aus Prag, als dort der Frühling zu Ende war. Das waren die Stationen. So habe sie sich durchgeschlagen. Von etwas muß man ja leben.

Mir wurde vor Aufregung halb schlecht. Am liebsten hätte er natürlich eines der Bilder genommen. Eines, auf dem die Brüste zu sehen waren. Die hat sie ihm bisher nicht gezeigt. Einfach in seine Tasche gesteckt. Aber ich traute mich nicht. Zögerte jedenfalls viel zu lang. Da sei sie auch schon zurückgewesen. Mir wurde leichter. Weil er auf diese Weise nun gar nicht mehr in Versuchung kommt.

Sie hatte sich also in der Zwischenzeit umgezogen. Vorher habe sie Bluejeans getragen, jetzt trug sie ein langes Hemd. Sonst gar nichts. Das habe er gesehen.

Weil sie sich im Schneidersitz neben mich auf das Bett setzt. Also mit weit auseinander gespreizten Schenkeln. In dieser Yoga-Stellung, die ja in letzter Zeit auch in unseren Breiten immer mehr in die Mode kommt. Was soll er denn davon halten? Er ist auch nur ein Mensch. Wenn er sich manchmal auch gar nicht so vorkomme. Zudem ein Mann. Was hättest Du, lieber M., in dieser schwierigen Lage getan?

Ich tue gar nichts. Es fällt ihm natürlich nicht leicht, einfach so ruhig zu bleiben. Ich zwinge mich aber dazu. Und bekomme dafür von ihr Komplimente zu hören. Daß er ein besonderer Mensch sei. Anders als die anderen Männer. Was man da wohl so sagt. Eben gerade weil er nichts tue. Und schon bei der ersten Gelegenheit nichts getan habe. Damals, bei Johannes, in dieser seltsamen Nacht, als sie zu dritt gewesen seien. In der sie es eigentlich erwartet hat. Das gibt sie jetzt zu. Ein wenig sogar erhofft. Als sie zuerst geglaubt habe, er sei es, der sie bedränge. So aus dem Schlaf heraus. In der Dämmerung. Als sie darum mitgespielt habe. Sich geöffnet habe in dieser falschen Erwartung. Bis sie gemerkt habe, daß alles ganz anders sei. So erfährt er, im nachhinein, was er erlebt hat.

Und sage, weißt du, manchmal ist man nur anders als die andern, weil man sich nicht getraut, gleich wie die andern zu sein. Aber sie sagt, das ist egal. Dann ist das

Besondere an dir eben, daß du dich nicht getraust. Im Gegensatz zu den andern. Und so weiter, und so fort. Genau weiß er es nicht mehr. Und sagt dann, als es schon spät ist und sie auch schon einige Gläser getrunken haben, hier kannst du heute nicht schlafen. Das hat er zwar gar nicht gewollt. Warum? fragte ich trotzdem. Weil mein Verlobter nun bald nach Hause kommt. Ihr Verlobter, natürlich. Den hat sie ihm doch eigentlich vorstellen wollen. Seinetwegen war ich ja hier. Das hatte ich gänzlich vergessen.

Sei also wieder auf der berühmten Straße gestanden. Lallte verletzendes, weinblödes Zeug in mich hinein. Ist aber in Wirklichkeit selber verletzt. Fror wieder einmal. Zog wieder einmal allein meines Wegs. Und redet sich wieder einmal ein, daß das so gut sei.

Und träume prompt in der folgenden Nacht von diesem Hans. Zwar kennt er ihn nicht. Er weiß nicht, wie er aussieht. Aber ich weiß sofort, daß er es ist. Obwohl er im Hintergrund bleibe. Es ist in der Wohnung. Einer ähnlichen Wohnung jedenfalls wie der, in der er gestern gewesen sei. Vlasta hat ihm geöffnet. In einem weißen Kleid. Ein Kind kommt ihm an die Türe entgegen. Es ist ein Mädchen. Hans schaut von weitem zu. Er bleibe ganz hinten im Flur. Trotzdem wende ich mich an ihn. Es wird Ihnen unangenehm sein, daß ich gekommen bin, sage ich. Er gibt keine Antwort. Ruft nur das Mädchen zu sich. Und zieht sich noch weiter zurück. Ihr werdet euch schon verstehen, sagt Vlasta. Aber er, als er erwacht sei, habe geweint. Weine mich sozusagen aus meinem Traum heraus, lieber M. Vielleicht sagst Du mir, was das alles bedeutet. Du hast das ja schließlich studiert. Vor allem das Kind verstehe er nicht. Würde es aber gerne verstehen.

Ob ich einen Silberlöffel aufs Zimmer genommen habe, fragte mich heute morgen Herr Spring. Der lebt also auch noch. Er habe ihn lange nicht mehr gesehen. Wenn die Herrschaft im Haus ist, verzieht er sich in den Untergrund. Also in seine Bleibe unter der Küche. Und für mich hat er dann ohnehin keine Zeit. Nur dieser Silberlöffel habe ihn jetzt zu ihm hinaufgetrieben. Ganz aufgeregt sei er. Ja, natürlich, ich habe den Silberlöffel. Er brauche ihn manchmal zum Umrühren. Denn er hat auch eine Tasse und eine Untertasse und einen Teller. Alles von unten heraufgeholt. Er nehme ja doch auch gelegentlich etwas zu sich. Auch wenn es nicht anschlägt. Und man es ihm offenbar auch nicht ansehe. Also die Herrschaft habe das eben nicht gern. Nichts für ungut. Er habe das ja nicht wissen können. Und er habe es auch nicht geglaubt. Ich glaube, ihn schickt nicht die Herrschaft, ihn schickt die Angst vor der Herrschaft. Und die leidige Tatsache, daß ich ihm das monatliche Trinkgeld noch nicht gegeben habe. So weit komme es aber noch, daß er das fremde Tafelsilber vergolde. Wenn sich nicht sonst bald etwas tut. Will heißen, sich eine andere Erwerbsmöglichkeit biete. Oder eine reiche Dame die Szene betritt, die mich unbedingt heiraten will. Gelegentlich spiele er mit dem Gedanken, solchen Damen auch unverheiratet zu Diensten zu sein. Eine männliche Vlasta. Ich stelle mir das in meiner Phantasie gar nicht so schlimm vor. Vielleicht hätte ich ja auch etwas davon. Auf jeden Fall wäre von solchen Frauen, die er sich reifer denkt, mit einem gerüttelten Maß Leben auf ihrem Buckel, der deswegen immer noch ein schöner Rücken sein könnte, viel zu erfahren. Mir fehlt aber der Mut dazu.

Ich sitze jetzt oft am Abend mit diesen jungen Studenten zusammen. In ihrer Wohngemeinschaft oder in einer Kneipe am nächsten Eck. Die hätten ja auch nichts, da falle er gar nicht auf. Ich bin für sie fast so etwas wie eine Respektsperson. Ganz einfach weil er schon hinter sich habe, was sie noch vor sich hätten. Oder wenigstens einen winzigen Teil davon. Den sie sich größer vorstellen, als er in Wirklichkeit ist. Er soll ihnen die Welt erklären. Aber er verstehe sie selber nicht. Er soll ihnen eine Art besserer Lehrer sein. Besser, weil er gleichzeitig einer von ihnen ist. Aber der wirkliche Lehrer folge den Schülern. Das ist die einzige Lehre, die ich sie lehren könnte.

Freude hat man mit der Waschmaschine! Was für ein Satz! Ob man schon einmal so einen Satz gehört habe! Sag, lieber P., ist Dir schon einmal so ein Satz über den Weg gelaufen? Oder ein Mensch, der der Besitzer und also Veräußerer oder Verschenker eines solchen Satzes gewesen sei? Ihm schon. Gestern früh. Als er auf dem Weg in die Stadt ist, um neues Papier zu kaufen. Mit Stadt meine er Innenstadt. Und wirklich an nichts Böses gedacht habe. Zwar nicht gerade über den Weg gelaufen, aber im Bus im Nacken gesessen. In Form einer Frau, welche die frohe Botschaft der Sitznachbarin lauthals verkündet habe. In einer Sprache, daß es den Teufel darob grause. Die sie wahrscheinlich für Deutsch hält. Wie alle hier ihre Sprache für Deutsch halten. Uns aus der Provinz sagen sie nach, wir redeten Mundart. Und machen sich über uns lustig. Halten unseren Zungenschlag für eine zirkusreife Darbietung. Aber die Art, in der sie selber redeten, sei nicht einmal Mundart, das sei überhaupt keine Art. So ein Satz macht mir Angst. So ein Satz reißt die Welt entzwei. An so einem Satz werde ihm klar, daß er nicht auf der gleichen Welt wie die anderen lebe. Wie weit er von den anderen Menschen entfernt ist.

Wo bleibt das Geld, liebe Eltern? Um das ich Euch doch gebeten hatte? Er bräuchte es dringend. Ich zahle Euch ja alles auf Heller und Pfennig zurück. In besseren Zeiten. Oder auf Franken und Rappen. Er habe nichts mehr. Das Konto ist leer. Meine Unternehmungen, die ich mit Fleiß und Eifer verfolgt habe, haben bisher alle nichts abgeworfen. Und diese Assistenz am Theater, für die er sich möglicherweise entschließe, obwohl er sich möglicherweise nicht für sie eigne, beginnt erst im neuen Jahr. Ob es also schon unterwegs sei? Er gerate hier schon in die schlimmsten Verdächte. Gibt es das überhaupt? Die Mehrzahl von Verdacht? Der Vater werde das wissen. Es sei sein Beruf. Ihr könnt es mir auf die Note schreiben, die Ihr mir schickt.

Nach der Mantelgeschichte, die schlimm genug ist, jetzt diese Hundegeschichte. Herr Tetzel geht mit dem Hund spazieren und kommt ohne den Hund zurück. Merke es aber erst am folgenden Tag. Und behaupte natürlich, er habe den Hund zurückgebracht. Weiß aber selbst, daß es anders ist. Und fühlt sich auch schuldig. Und gehe seither selber herum wie ein geschlagener Hund. Mit hängenden Ohren. Man sieht seinen Augen an, daß er geweint hat. Der große Herr Tetzel weint um den kleinen Hund. Aber betroffen sei vor allem Herr Spring. Im Grunde sei es ja sein Hund. Bei ihm unten wohnt er. Er redet mit ihm und er füttert ihn. Und wird dafür, wenn er schläft und wenn er allein im Haus ist, von ihm bewacht. Es sei schon der dritte Hund, der ihm in diesem Haus auf diese Weise abhanden komme. Sagt er, als dieser nach drei Tagen immer noch nicht zurück ist. Und auch der Polizei, die man verständigt hat, kein Hund, auf den die Beschreibung paßt, in die Fänge gegangen sei. Und auch das Tierheim nichts wisse. Und als er selber die Suche in der näheren und ferneren Umgebung, auf den Spuren des Herrn, die er kennt, weil er ihnen nicht zum erstenmal folgt, um etwas zu suchen, von Wirtshaus zu Wirtshaus, aufgibt. Er kann jetzt nicht mehr. Er hat es satt. Er ist müde. Er sei schließlich nicht mehr der Jüngste. Er hat einen Freund verloren. Für seinen Herrn sei es ein letztes, vertanes Gefühl. Vielleicht täusche ich mich. Aber so kommt es mir vor.

Hans will sie heiraten. Stell Dir das vor. Sie will das natürlich nicht. Das war immer schon so. Aber jetzt sei es akut. Jetzt sei er von Berufs wegen nach Thailand versetzt worden. Er sei Diplomat. Da kann sie nur mit, wenn sie legal seine Frau ist. Vlasta Berger-Krasnukova. Was soll sie machen? Sie lebe von ihm. Ohne ihn sei sie nichts. Er habe sie aus der Gosse geholt. Bezahlt ihr das Studium. Sie muß sich entscheiden. In einem Monat sei es soweit. Aber was soll sie in Thailand? Ihre Wurzeln hat sie in Prag. Ihre Freunde habe sie hier. Ihrem Beruf wolle sie in einer Umgebung nachgehen, mit der sie etwas zu tun habe. Und Ehefrau sein will sie schon gar nicht.

Und hofft jetzt natürlich, daß ich die Arme ausbreite. Daß ich sie in die Arme schließe. Daß ich ihr sage, sie soll bei mir bleiben. Daß ich sie an seiner Stelle heirate. Daß ich ihr Mann sein will. Daß ich für sie aufkomme. Daß ich sie auf Händen trage. Daß ich sie auf Rosen bette. Daß ich für sie die Zukunft bin. Aber das alles kann er natürlich nicht. Von all dem kann er ihr nicht das geringste versprechen. Und darum müsse er sie, ob er wolle oder nicht, fortschicken. Weg von mir. Zu dem anderen Mann. Die Verantwortung für ihr Leben mag er nicht tragen. Und handelt sich dafür von ihr noch den Trost ein, kein Schmeichler und Lügner gewesen zu sein. Dafür kann ich mir aber nichts kaufen. Und ihr auch nicht. Nicht einmal eine Blume. Obwohl er das in diesem Augenblick gern getan hätte. Du bist zu gut für mich, sagt sie. Aber das sei eine Ohrfeige. Die ich natürlich verdiene. Ihr gegenüber fühlt er sich nun ja weiß Gott überhaupt gar nicht gut. Kein bißchen. Aber er kann es nicht ändern.

Und träume dann folgenden Traum: Vlasta sitzt rittlings auf meinem Bauch. Nackt und bekleidet zugleich. Ich kann es nicht anders sagen. Vor meinen Augen, da wo sich unsere Körper berühren, wächst aus dem ihren ein männliches Geschlecht. So jedenfalls kommt es ihm vor. Wächst aus ihr heraus und ragt steil in die Höhe. Trotzdem hat sie unten, da wo die Hoden sein müßten, aber nicht sind, auch die weiblichen Merkmale. Ich will mit dem Finger in sie hinein. Aber sie sagt, das geht nicht. Das sei noch zu klein. Ich müsse Geduld haben. Das Weibliche müsse noch wachsen, das Männliche sich zurückbilden. Dann erst kann sie mir Frau sein. Ganz zum Schluß wird mir ein Trauerbrief überreicht. Ich weiß nicht mehr, wie das mit dem andern zusammenhängt. Aber ich dachte, jetzt ist also doch meine Mutter gestorben.

Dieser Traum erinnert ihn an einen anderen Traum. Den er früher geträumt hat. In welchem er selber rittlings auf dem Gipfel des Gotthards sitzt. Ein Bein nach Süden, das andere nach Norden. Du kannst Dir vorstellen, lieber M., an welcher Stelle das schmerzt.

Über den Nachsommer haben wir uns kürzlich gestritten. Wir, das sind meine Freunde und ich. Oder der Geiger und seine Freunde und ich. So ganz gehört er ja doch nicht dazu. Ihnen gefalle er nicht. Sei er zu blutleer. Zu ideal gedacht. Sie lehnen ihn ab, weil es in ihm nicht wie im wirklichen Leben zugeht. Ich liebe ihn, weil man darin lernen kann, wie es im wirklichen Leben zugehen könnte. Überhaupt lese er darum. Weil das eigene Leben immer zu klein ist. Jedenfalls traue er sich ein größeres einfach nicht zu. Sie finden darin die Illusion einer heilen Welt. Ich sehe die Utopie einer möglichen Heilung. Aber sei's drum. Vielleicht liege der Unterschied auch nur im Unterschied ihres Alters.

Und erzählte dann von der Ruhe, die wir einmal mit diesem Buch gefunden hatten. Mit wir meine ich uns. Also P., Dich und mich. Erinnerst Du Dich? In den Ferien, damals vor Jahren. In diesem Haus im Süden, das wir für ein paar Wochen gemietet hatten. In diesem Kastanienhain. Bei der gemeinsamen geduldigen Lektüre dieses geduldigsten aller geduldigen Bücher. Eine Ruhe, wie wenigstens er sie seither nicht mehr gefunden habe. Wie alles in diesem Buch seine ihm eigene Zeit hat, seinen ihm eigenen Ort. Nichts vor seiner Zeit, nichts an der falschen Stelle geschehe. Niemand und nichts niemand und nichts verletze. Jeder und jedes nach seinem inneren Gesetz lebe. Und die Gesetze alles und aller anderen respektiere. Alles sich ganz allmählich durch das Leben zum Leben bilde. Und wie der Rhythmus des Kunstwerks ganz unmerklich zu unserem Lebensrhythmus geworden sei. Wenn auch nur für drei Wochen. Oder verkläre ich da? Oder gehöre ich auch schon zu diesen Gegenwartskrüppeln, für die das Gute immer schon in der Vergangenheit liegt?

Der Kosmos lag vor mir als offene Uhr. Was hältst Du von diesem Satz? Den habe ich heute nacht geträumt. Und noch beim Erwachen und Aufschreiben habe er gedacht, darin liege die ganze Welt. Das sei sie nun, die lange gesuchte Formel für alles. Ausgerechnet ich habe sie also gefunden. Ihm sei sie im Schlaf in den Schoß gefallen. Aber je länger ich ihn betrachte, je länger ich über ihn nachdenke, um so unverständlicher wird er mir. Woher so etwas wohl kommt? Es sei nicht das einzige. Einmal gestürzt ist die Sonne auf mich herab. Auch so ein Satz, an dem er erwacht.

Was meinst Du: vielleicht sollte ich sie doch bitten, zu bleiben. Einmal eine solche Entscheidung, vielleicht begänne damit ein wirkliches Leben?

Also, ich schlafe schlecht, lieber M. Die Decke ist viel zu schwer. Das Zimmer ist viel zu eng. Und zu kalt. Und die Frauen sind fern. Und die Träume sind fremd. Und das Liegen wird mir zur Qual. Auf dem Rücken tut ihm der Hinterkopf weh. (Dort wo die Haare zuerst ausgehen.) Links höre er das Herz viel zu laut schlagen. Rechts höre ich gar nichts, und das ist noch viel schlimmer. Weil er ja dann erst recht hinzuhören beginne. Wahrscheinlich taugt eben das Bett nichts. Jedenfalls nicht für mich. Das ist sein Schluß, den er feierlich mitteilt. Für seine weiche Seele ist es nicht weich genug.

Nun heiratet sie doch nicht. Und bleibt also da. Während Hans in die Ferne zieht. Und Johannes sie jetzt einmal kann. Und er ihr also der Liebste sei. Und mietet statt dessen kurzerhand und auf eigene Rechnung an der Innsbrucker Straße ein Zimmer. Das er mit ihr teilen soll. Wenigstens manchmal. Wenn ich Zeit habe. Und Lust. An einem Abend. Oder an einem Wochenende. Eine Art Liebesnest, das jetzt zuallererst und auf der Stelle und möglichst noch heute ein wenig ausstaffiert werden muß. Denn es sei ein wenig vergammelt. Die Spuren der Vormieter muß man noch überpinseln. Dafür aber billig. Und gut gelegen. Im Zentrum. So ungefähr in der Mitte von ihr und mir.

Jetzt wird also ausgemalt. Die Farbe sei schon gekauft. Die Pinsel, die Gerätschaften sind da. Sie habe an alles gedacht. Selbst an die Atzung, sprich Wein, Käse und Brot, für zwischenhinein. Nur daß er Käse nicht mag, hat sie vergessen. Aber das ist nicht schlimm. Es geht auch mit Brot und Wein. Das Zimmer hat eine Stuckdecke. Und einen schönen Schnitt. Es gefällt mir. Wir stehen, in Überkleidern, die uns zu groß sind, mit Papierhüten, die wir uns selber aus Zeitungsblättern gefaltet haben, auf Stühlen und Leitern und malen uns aus, wie es werden soll. Es wird alles weiß. Das Bett, das noch nicht da ist, kommt in die Mitte. An die Wand kommt ein Spiegel. Das sei ihre Idee. Damit wir uns sehen. Jetzt sehen wir uns also noch nicht.

Und hätten dann, lieber Freund, nachdem wir nun fertig waren, so gegen Mitternacht, natürlich am liebsten gleich hier übernachtet. Zumindest sie. Die er im Scherz seine Braut nennt. Weil sie ja, von der herabkleckernden Farbe, ganz weiß war. Aber er eigentlich auch. Irgendwo am Boden. In einer Ecke. In einem Haufen aus dem Papier, mit dem wir das Zimmer abgedeckt hatten. Und das nun nutzlos herumlag. Aber das sei nicht gegangen. Alles war ja noch naß. Die Dämpfe der verdunstenden Farbe hätten sie im Schlaf womöglich vergiftet. Die Fenster hätten aufgesperrt werden müssen. Wir wären wahrscheinlich erfroren. Ja, lieber P., und in der Zeitung hättest Du dann gelesen: Hochzeitsnacht mit tragischem Ende. Und waren dann unterwegs durch die Nacht. Von den Farbspritzern notdürftig gereinigt. Zu Fuß. Sie will heute nicht fahren. Es soll eine lange Reise werden. Sie will den Weg Schritt für Schritt gehen. Durch den frischen Schnee, der jetzt fast täglich hier fällt. Durch die Straßen, durch die Alleen, hinaus bis zum Stadtrand. Wo die Wälder beginnen. Also zu ihm. Auf seine Müdigkeit will sie jetzt keine Rücksicht nehmen. Und hakt sich ihm unter, und rennt voraus, und faßt ihn am Arm, und zieht ihn hinter sich her. Sei fröhlich und singe und rede. Während ich, Wahnsinniger, mir allen Ernstes Gedanken darüber mache, ob es Frau Tetzel gefallen wird, wenn ich ein Mädchen nach Hause bringe. Sag selber, bin ich zu retten? Wer ist Frau Tetzel, verglichen mit seinem Mädchen? Was Hans sage, fragte ich sie. Natürlich hätte diese Frage, wenn überhaupt, früher gestellt werden müssen. Der sage gar nichts, antwortete sie. Was, lieber M., hätte ich da noch sagen sollen?

Hatten aber noch einen kleinen Umweg zu gehen. Das muß sein, sagt sie. Und ich gehorche ihr jetzt in allem. Der Umweg gilt einer Nachtapotheke direkt neben der Kirche. Er weiß nicht, woher sie weiß, daß in dieser bestimmten Nacht gerade diese bestimmte im Dienst ist. Sie ist mir in vielem noch immer ein Rätsel. Und habe offenbar Spaß daran, weiterhin eines zu bleiben. Verhüter wolle sie da also kaufen. Du weißt schon, diese seltsamen Fingerlinge aus Gummi, mit denen man Störche fängt. Anders sei es bei ihr nicht zu haben. Sagt sie. Woraus ich schließe, daß es also zu haben ist. Obwohl sie die Pille nimmt. Doppelt genäht, halte besser. Drei Abtreibungen hat sie schon hinter sich. Das genügt ihr vollkommen. Eine vierte riskiert sie nicht. Und immer seien die Männer – von denen sie demzufolge keine allzu gute Meinung mehr habe –, wenn es darauf angekommen sei, plötzlich verschwunden. Das sagt sie bitter. Während sie auf den Klingelknopf neben der Türe drückt, auf den ein Pfeil hinweist, der mit dem Wort Nachtglocke beschriftet ist. Du kannst Dir denken, woran ich dachte. Welcher Satz in meinem Kopf als eine Alarmglocke schellte: Einmal dem Fehlläuten der Nachtglocke gefolgt, es ist nicht wieder gutzumachen. So heiße es doch? So oder ähnlich. Wenn es auch dort, wo es stehe, wahrscheinlich anders gemeint sei. Das weiß er nicht mehr. Schulstoff. Weit weg. Wie hinter Bergen, die tief verschneit sind.

Als die Schiebetür aufgegangen sei, sei Vlasta zurückgetreten. Er soll das Zeug also selber kaufen. Das Teufelszeug, wie der Großvater gesagt hätte. Er muß es lernen. Er wird es jetzt häufiger brauchen. Da sei nichts dabei. Aber ich wußte, als ich danach gefragt wurde, nicht einmal welche Größe. Zum Glück ist es ein Mann, der ihn fragt. Wäre es eine Frau gewesen, ich wäre davongerannt. Oder im Schnee versunken. Vor Hitze. Mittel, sagt Vlasta. Und auf die Frage nach der Packung: die Zehner.

Und sagt dann, als sie schon in der Nähe des Hauses sind und als sie merkt, wie er den Schritt verzögert: Hab keine Angst. Nimm es nicht wichtig. Es ist wie Essen und Trinken. Man hat Hunger und stillt ihn. Man hat Durst und man löscht ihn. Aber ich hatte weder Hunger noch Durst.

Und stehe dann, schon gegen Morgen, als dieser Fußmarsch endlich zu Ende ist, vollkommen erstarrt und kalt in meinem Zimmer neben der Frau. In Reichweite des Bettes. Natürlich. In diesem Zimmer ist alles in Reichweite von allem. Stuhl, Schreibtisch, Bett. Und doch weit davon entfernt. Und wisse jetzt, während sie das Licht, das er angemacht habe, gleich wieder ausmache und sich dicht vor ihn hinstelle, nicht, was zu tun sei. So daß sie sich selber ausziehe. Nach einer winzigen langen Weile. Stück für Stück ihrer Wäsche herunterstreift. Und zu Boden fallen läßt. Und mit dem Fuß auf die Seite schiebt. Er hört die Geräusche. Und dann also nackt sei. Bis auf den Pullover. Den sie wieder nicht auszieht. Das tut man in ihrem Gewerbe nicht. Aber ich darf, wenn ich brav bin, die Hände darunterschieben. Aber er ist ja natürlich brav. Viel zu brav. So brav jedenfalls, daß sie alles für ihn tun muß, was er längst hätte tun sollen. Also sie muß mich ausziehen. Langsam, eins nach dem andern, zieht sie mir den Pullover, das Hemd, das Unterhemd über den Kopf. Öffnet sie mir die Hose, schiebt sie hinunter und nimmt, während ich nacheinander die Füße hebe, um aus der Hose zu steigen, mit den Fingern auch gleich die Socken mit. Streife schließlich, vor ihm kniend, auch seine Unterhose langsam herab.

Und müsse dann auch noch den Schritt ans Bett heran vor ihm machen. Und muß ihn ins Bett ziehen und unter die Decke locken, wo es noch kalt ist, aber ja warm werden wird, wie sie sagt. Und muß meine Hand suchen und meine Hand nehmen und meine Hand auf ihr Gesicht legen, das kalt ist, und auf ihren Bauch legen, der warm ist, und meine Hand unter die warme Wolle ihres Pullovers schieben, damit ich sie an den Brüsten streichle, die klein sind, wie ich sie mir gewünscht habe, weil die meiner Mutter groß sind, und dann tiefer, am Bauch, und tiefer, an ihren Beinen, und dann noch tiefer, tief in ihr drin.

Und muß, weil er nicht weiß, wie man das macht, sich selbst mit den Fingern, die sie sich ableckt, feucht machen. Er hört das Geräusch. Und muß mich, da ich es nicht von selber werde, mit ihren Fingern groß machen. Und mir mit den Fingern dieses Gummizeug überziehen. Und mich mit den Fingern in sich hineinschieben. Und muß sich, da ich mich noch immer nicht traue, an meiner Stelle im richtigen Rhythmus bewegen. Erst jetzt, in der Bewegung, in die sie ihn aufnimmt, geht alles von selber. Und alles ganz schnell. Und als es zu Ende ist, weil er schon am Ende ist, da ist es noch lange nicht zu Ende. Da dreht sie sich um, das Gesicht von ihm weg, auf den Bauch, also den Rücken ihm zu, und da soll er dann alles, was er von vorn schon einmal gemacht hat, von hinten noch einmal machen. Und dann auch noch seitlich. Und dann von der anderen Seite. Und wieder und wieder. Von oben und unten. So daß, als der Morgen langsam herangraut, auf der Glasplatte des Nachttischs, auf dem sie noch liegt, von der Packung, die wir gekauft haben, nicht mehr viel übrigbleibt. Es war alles ganz schrecklich. Und plötzlich begann sie zu weinen.

Sitzt da, in der Kälte des Zimmers, in der Kälte des Lichts, in der kalten Weiße des Lakens, mit angezogenen Beinen, nackt, mit dem Rücken zur Wand. Und er sitze ihr gegenüber. Und muß, statt ihr in die Augen zu schauen, aus denen die Tränen nur so herunterlaufen, den Ort zwischen den Beinen betrachten, der mir immer noch fremd ist. Trotz allem. Auch nach dieser Nacht. Starre auf den unwirklichen, unbegreiflichen Ort dieser Nacht. Während sie zittert vor Kälte. Und weint. Und weint. Und die ganze Welt, in einem einzigen Aufwisch, vernichtet. Die ganze Menschheit verflucht und verdammt. Mit einer einzigen wegwerfenden Geste der Hand. Jeden einzelnen Menschen verurteilt, an die Wand stellt und auslöscht. Oder erwürgt. Oder mit dem Messer des Blicks ersticht. Alles ist schlecht, flucht sie. Alle Menschen sind Ärsche, sagt sie voll Ekel. Jeder fickt seine Scheiße in den andern hinein. Das sei alles. Sonst sei gar nichts. Das sei das ganze Geheimnis der Welt. Wie sie sie hasse! Wie sie sie alle hasse! Und schüttelt sich. Und weint immer noch mehr. Und ich versuche noch etwas zur Rettung der Welt zu sagen. Die Menschen vor ihrer Verdammung zu schützen. Erst als sie längst fort ist, um nie mehr wiederzukommen, denke ich, vielleicht meint sie mich.

Der Hund sei nun auch wieder zurück. Ohne daß jemand weiß, wo er gewesen ist. Es wird auch nicht mehr darüber gesprochen. Schwänzelt wieder hinter dem Diener her, der ihm der Herr ist, als ob nichts gewesen wäre. Und Herr Tetzel, der wirkliche Herr, der in den letzten Tagen selber herumgeschlichen ist wie ein verlorener Hund, tut wieder so, als hätte er nie einen Hund gehabt.

Habe das Bett also wieder für sich allein. Das hat ja auch seinen Vorteil. Ich schlafe nämlich nicht gut, wenn ich mein Zimmer mit jemandem teilen muß. Das war immer schon so. Von frühester Kindheit an habe er immer ein eigenes Zimmer gehabt. Diese Freiheit, allein zu erwachen. Und den Raum um sich zu haben, den die Gedanken brauchen. Das weiße Zimmer bleibt nun auch leer.

Das Schreiben habe ich aufgegeben. Wie käme er auch dazu. Warum sollte ausgerechnet er ein Schriftsteller sein? Vom Schreiben kann man nicht leben. Das sind Eure Worte. Ich hätte es wissen müssen. Und mit dem Zeitungslesen höre ich auch wieder auf. Ich ertrage die täglichen Katastrophen nicht mehr. Dadurch, daß ich von ihnen lese, sind sie ja nicht aus der Welt geschafft. Oder etwa nicht? Oder etwa doch? Und die Stelle als Regieassistent nimmt er nun auch nicht an. Ich hätte mich für drei Jahre verpflichten müssen. Wie soll ich wissen, wo ich im nächsten Jahr bin?

War heute im Wald. Gegen Abend. Als die Dämmerung einbrach. Schaute den Menschen zu, wie sie heimgingen. Sah sie vor dem Weiß des Schnees wie die Figuren auf einem Holzschnitt. Einen Vater, der einen Schlitten mit Kindern hinter sich her zog. Eine Frau, die Tannenzweige vom Boden aufhob. Ihm sei fast schwindlig geworden von all dem Schwarzen und Weißen. Und dann vom hereinfallenden Grau, in das es sich aufgelöst habe. Die plötzliche Wärme, die einem durch Wangen und Ohren schießt, wenn man dann wieder im Haus ist. Als hätte man sie der Kälte entzogen. Die dadurch noch kälter werde. Und als hätte man sich dafür zu schämen.

Er hat also keine Geduld. Und er hat sie zu wenig gern. Das sagt sie ihm, als er sie noch einmal anruft. Er will sie noch einmal hören. Man könne so etwas doch nicht einfach so in der Luft stehenlassen. Jedenfalls er kann das nicht. Und habe also, während sie ihm alles gezeigt hat, was es auf diesem Gebiet zu zeigen gibt, vor lauter Verwunderung gar nicht gemerkt, daß es die Liebe gewesen sei, die sie ihm zeigte.

Der Geiger belästige ihn. Wie eine Klette hängt er an mir. Ist immer auf meiner Fährte. Steht an der Bushaltestelle und lauert mir auf. Er erwartet so viel von mir. Aber ich kann ihm nicht helfen. Ich kann mir doch selber nicht helfen.

Und trage die Uhr jetzt wieder. Die ihm die Kinderzeit anzeigt. So ganz ohne Zeit geht es auch nicht. Und meine Sonnenuhr, die mit dem Sonnenstand und den Bäumen als Zeigern, geht nur bei gutem Wetter. Und wenn er am Fenster steht und nach Süden schaut. Da ist die Kinderzeit vielleicht noch die beste.

Sie wollen uns wieder verlassen? fragte Herr Tetzel, als ich die Treppe herunterkam. Es hat sich also herumgesprochen. Er habe gegenüber dem Diener eine Bemerkung gemacht. Wie stellen Sie sich das denn vor? Wer soll Sie ersetzen? Meine Frau geht ja auch. Und was wird aus mir? Aber ich weiß das alles ja auch nicht. Und es geht mich auch gar nichts an.

Weihnachten sei er zu Hause. Seine Mittel sind aufgebraucht. Liebe Eltern, nehmt Ihr mich noch einmal auf? Antwortet mir nicht mehr. Bis Euer Brief hier wäre, bin ich schon fort."

    " euer Albert u. Titel

Quellennachweis

Die einzelnen Erzählungen sind erstmals in folgenden Werken von Jürg Amann erschienen:
Die Kunst des wirkungsvollen Abgangs. Erzählungen. Aarau: Sauerländer 1979 (*Der Traum des Seiltänzers vom freien Fall*)
Die Baumschule. Berichte aus dem Réduit. München: Piper 1982 (*Rondo; Die Baumschule*)
Fort. Eine Brieferzählung. München: Piper 1987
Tod Weidigs. Acht Erzählungen. München: Piper 1989 (*Die Brunnenentgifter; Tod Weidigs*)

Biographische Notiz

Jürg Amann, geboren 1947 in Winterthur. Studium der Germanistik in Berlin und Zürich. Promotion. Lebt in Zürich. Zuerst Literaturkritiker und Dramaturg, seit 1976 freier Schriftsteller. Romane, Erzählungen, Theaterstücke. 1982 für die Erzählung *Rondo* mit dem Ingeborg-Bachmann-Preis ausgezeichnet. 1983 Conrad-Ferdinand-Meyer-Preis, 1989 Preis der Schweizer Schillerstiftung. Bei Arche erschienen: *Robert Walser. Eine literarische Biographie in Texten und Bildern* (1995); Luisa Famos, *Poesias. Gedichte.* Aus dem Rätoromanischen übertragen von Jürg Amann und Anna Kurth (1995); *Engadin. Ein Lesebuch.* Hg. von Anna Kurth und Jürg Amann (1996).

Jürg Amann
Robert Walser
Eine literarische Biographie
in Texten und Bildern
176 Seiten. Gebunden
96 Fotos und Faksimiles

»Jürg Amann präsentiert nun ein Buch, das nicht nur dazu angetan ist, all jene zu beglücken, die längst Walser-Fans sind, sondern ebenso, diesem solitären Dichter neue Freunde zu gewinnen. Hat er doch seinen Essay nicht nur einfach bebildert, sondern im Verein mit vielen scharf fokussierten Textpassagen aus dem gesamten Werk eine Collage gemacht, die in lebendig wechselndem Licht Walsers Leben beleuchtet und so dessen tiefe Disharmonien aufscheinen läßt. Der vermeintliche Idylliker, dem Angst und Grauen nie fern waren, hier kommt er uns nahe.«
Martin Ripkens in: Frankfurter Rundschau